云间笔会

2024

Yunjian
Bihui

上海市松江区文学艺术界联合会

主编

许 平

执行主编

山西出版传媒集团　山西人民出版社

图书在版编目（CIP）数据

云间笔会 . 2024 / 上海市松江区文学艺术界联合会
主编 . -- 太原：山西人民出版社，2025. 1. -- ISBN
978-7-203-13716-0

Ⅰ . I218.51

中国国家版本馆 CIP 数据核字第 2024R7J563 号

云间笔会 . 2024

主　　编：上海市松江区文学艺术界联合会
责任编辑：吕绘元
复　　审：刘小玲
终　　审：武　静
装帧设计：张永文

出 版 者：山西出版传媒集团·山西人民出版社
地　　址：太原市建设南路 21 号
邮　　编：030012
发行营销：0351-4922220　4955996　4956039　4922127（传真）
天猫官网：https://sxrmcbs.tmall.com　电话：0351-4922159
E - mail：sxskcb@163.com　发行部
　　　　　sxskcb@126.com　总编室
网　　址：www.sxskcb.com

经 销 者：山西出版传媒集团·山西人民出版社
承 印 厂：山西省教育学院印刷厂

开　　本：787mm×1092mm　1/16
印　　张：18.75
字　　数：251 千字
版　　次：2025 年 1 月　第 1 版
印　　次：2025 年 1 月　第 1 次印刷
书　　号：ISBN 978-7-203-13716-0
定　　价：78.00 元

如有印装质量问题请与本社联系调换

目　录

小　说

散　文

诗　词

云间笔会
2024

小　说

刘红炜

阿　蜜

一

最初学法语第一个记住，也是最容易记住的单词即 ami（法语：朋友）。"阿蜜，阿蜜……"朗朗上口，在北非工作时，该单词经常挂在我嘴边。

得知艾尼瓦尔调卫生管理学院当副院长，我很为他高兴了一阵子。因为按国内官制，高校由处长调任副院长算是提拔了吧？没有进一步论证。

他邀我和翻译小兰去了他所在的学院。校园在拉巴特西南角，濒临大西洋，阳光下泛着蔚蓝的浪涛，花草格外繁茂，高大密集的蒲葵后是一幢乳黄色教学楼。

"Bonjour ca va！"（法语：你好）艾尼瓦尔热情招呼着从阶梯上快速迎下，我也"阿蜜，阿蜜"，彼此来了个贴面礼。又蹦出个自以为掌握得比较熟练的单词"Enchante"（法语：很高兴），含有恭贺他履新的意味。这天很愉快，他兴致勃勃地带我们四处参观。吃完工作午餐，又安排我们听了一堂关于如何以最低投入获得最佳健康回报的学术讲座。

临别时他告诉我，接替他职位的处长叫易卜拉欣，已经有过详细交接，今后医疗队的事可直接与他接洽。

回程小兰一路念叨，对艾尼瓦尔的离开颇有点依依不舍。

我问："为什么？"

"说不上来……反正和他合作就是愉快，多好的一个人。"

我说："想多了，也许易卜拉欣会成为我们新的阿蜜。艾尼瓦尔不是说了嘛，今后有事可直接找他。"

小兰仍存疑虑。很快，我发现小兰的疑虑是有一定道理的。我对艾尼瓦尔的离开表现出的"Enchante"也过于乐观了，事实证明与易卜拉欣的沟通不像以前那么顺畅。

二

这天和小兰礼节性地去拜访易卜拉欣。

我们对国际合作处所在办公楼已经熟门熟路，于是径直到了二楼处长办公室，发现房门紧闭，但有些异样的是，门边走廊多了一张小桌，桌后坐着一位女士，高高大大，头上裹着一条花头巾，她主动和小兰打招呼。常来常往，这儿的工作人员和小兰已经混得很熟了。小兰悄悄向我介绍，这是行政秘书阿依莎，阿依莎告诉她处长今天外出不在。

白来一趟。

"看见没？学会摆谱了！"小兰不屑地嘀咕起来。

几日后，我让小兰电话约易卜拉欣，说总队长想见他，有要事相商。只听电话里易卜拉欣一连串"得高"（法语：可以），承诺明日上午10点一定准时到总队部。

第二天我们特意将沙龙收拾得干干净净，烧好水，备上国内上好的龙井。然而到了10点不见易卜拉欣的人影，过了11点仍没音信，电话也打不通。我有些按捺不住了，冲着小兰嚷嚷："不像话，哪有这样的！你去告诉他，这就是他们所说的非中合作？"

不知小兰是如何说的，一定在电话里把他数落得不轻吧。

但是没过几天，易卜拉欣没预约便来了，进门就一个劲地说对不起，有点负荆请罪的意思。他的脸黑黑的，剃着板刷头，模样有几分敦厚。

落座后，我即表示出明显的不满，他辩解说那天临时有事去了卡萨布兰卡。我说："不管去卡萨布兰卡还是马拉喀什，至少要告知我们一声嘛。合作讲的就是信誉，你这叫什么，知道吗？就是我们中国人所说的轻诺寡信！"小兰稀里哗啦用法语翻译过去，长长一段，好像在我意思上有所发挥，也不知是如何用法语表述"轻诺寡信"的。

易卜拉欣很尴尬。我感觉言重了，便缓和了语气，和他谈起医疗队当前亟须解决的问题。他"得高、得高"地回应着，我说："你别老得高、得高的，得想法子帮我们解决问题。"

三

这才念起艾尼瓦尔在时的种种好。

我们的 12 支医疗分队，分布于摩洛哥 12 个不同区域，不少驻扎在撒哈拉边缘的戈壁沙漠，条件极其艰苦，常会遇到令人束手无策的问题，诸如网络不通、房屋漏水、食品短缺、蛇蝎钻进卧室等，这些问题必须商请卫生部国际合作处协助解决。

刚上任，我便按前任指点去国际合作处找艾尼瓦尔。寻至办公室，不巧他正在开会。推开会议室门，里面坐着满满一屋子人，感觉太过冒昧，我迅速退了出来。

心想，耐心等吧，等会议结束再说。我东张张西望望，正琢磨如何打发时间，门倏地再次开启，艾尼瓦尔从里面走了出来。

小兰兴奋地喊了声："艾尼瓦尔！"

艾尼瓦尔头发卷曲，皮肤白皙，淡淡的八字胡，约莫 50 岁，似有欧洲血统，眼眸呈琥珀色，深邃灵动。我上前紧握他的手，"撒驴，笨猪"（法语：你好）地打招呼。我说要不等他会后再说，他毅然摇了摇头，将我带到他的办公室。

听完医疗队的困难和相关诉求后，他略思考一下，然后拿起电话，直接给当地卫生厅打过去，提出明确解决要求。放下电话后，他还叮嘱我放心，说如遇障碍，可随时找他。

办公室里弥漫着一股檀香味，桌上放着一枚棱角分明、晶莹剔透的小石头。发现我好奇的眼神，他拿起石头，在手里旋转着，告诉我这叫沙漠玫瑰，采自撒哈拉。我仔细观赏，发现石头纹路层层叠叠，宛若经过人工刻意雕琢，酷似一朵盛开的玫瑰花。我边观赏边不由自主地叹息，岂料他已将石头递到我手中："给你，你们中国有大熊猫，但少有沙漠玫瑰。"我爱不释手地攥在手里，愧领般直呼"麦喝希布谷"（法语：非常感谢）！

每次打完电话艾尼瓦尔都会继续跟踪，直至落实。在他的帮助下，医疗队的生活总能得到及时改善。每次去他办公室，他都会在第一时间接见我，医疗队的事在他心里就是大事。

除工作外，我和他的私下交往也多了起来。

他是个拉巴特通，对城市的每个角落均熟稔在心。他陪我游过乌达亚城堡、王宫、哈桑二世大街，对历史沿革、风俗人文了如指掌。一天下午，得知我想购买当地的特产玫瑰精油，他便主动领我去了该市最大的苏克（阿拉伯市场）。太阳很盛，紫外线指数极高，不一会儿我们就汗流浃背。我过意不去，说："回去吧，不买了。"

他坚持要陪，说："别呀，既然来了就好好看看。"苏克像一座巨大的迷宫，商铺鳞次栉比，人头攒动，银器、木雕、首饰、衣物等物品铺天盖地，让人目不暇接。

已到脯礼时分，艾尼瓦尔对我说："这里的精油不够正宗，价格也高得离谱。这样吧，下次陪你去乌尔扎扎特，那儿的质量好，价格还便宜。"

我点头接受，其实根本不好意思再烦劳他。面对他的满腔热情，我的心头涌过一股暖流，庆幸自己遇到这样一位赤诚的摩洛哥阿蜜。

宰牲节这天，艾尼瓦尔邀请我和小兰去他家做客。

他家在普通居民小区，两室一厅的公房。我和小兰带了当地颇为稀罕的中国风油精和泡腾片作为礼物。艾尼瓦尔的妻子同样热诚友善，穿一件墨绿色吉拉巴（阿拉伯大袍）。她热忱地与我们打招呼，小兰在她的拥抱下，脸上留下热烈的吻。

桌上摆满了精心烹饪的菜肴和一大盆水果、pain（面包）。席间，又端上一锅牛肉 Tajine（当地砂锅食品），肉质酥嫩。边吃牛肉，艾尼瓦尔的妻子边问小兰，中国话牛肉怎么说。小兰一字一句地教她，她反复模仿着，憨态可掬。

我和小兰都笑了，艾尼瓦尔的妻子字咬得挺准，但调门有些走板，我们向她竖起了赞扬的大拇指。

不知不觉感受到某种家的暖意，我手抚左肩，弯腰，真诚地说了句："由衷谢谢，艾尼瓦尔和夫人，我们的好朋友！"

艾尼瓦尔坦然一笑："应该的，队长先生，你们远离家乡来到这里，解决了我国边远地区缺医少药的问题。多少摩洛哥病人在中国医生手中得到了救治，如果没记错的话，贵国向我国派遣医疗队已经是第四十个年头了，若要说感谢的话，应该是摩洛哥人民。"

小兰逐字逐句地将这段话翻译给我听，我的眼中泛起了泪花……

四

10月1日，中国使馆举行国庆招待会，中资机构和华人代表均在被邀之列。席间，遇见商务参赞，参赞向我了解医疗队情况，我汇报说总体平稳，就是那个新上任的国际合作处处长不太给力，嘴上"得高、得高"，实际总掉链子。

参赞沉默片刻，建议道："要不安排他来商务处吃个饭，沟通一下？"

我忙说："算了算了，还是我再和他聊聊吧。"能自己解决的问题，尽可能不打搅使馆。

这天晚上，我让厨师做了几个菜，招待易卜拉欣。

我比较纳闷，易卜拉欣瞧着是个挺淳厚的人，为什么对中国医疗队的事总表现得不那么上心呢？

此中必有缘由。

这次易卜拉欣手拿一瓶葡萄酒准时来到，看着他手里的酒，我有些狐疑："你这，允许喝酒？"

他用手比画着："一点点还是可以的，一点点。"

"真的吗？"我瞪大了眼睛，干脆让厨师取出一瓶中国的剑南春，"那就喝这个，红酒留着下次喝。"

吃中国菜他很享受，不过几杯酒下肚，舌头就开始打结，面色泛红，但脑子不糊涂。

他有些表功似的告诉我，中国医生本月的津贴已经打到我们的账上了。过一会儿他再次叨叨："你们收到了吗？我可是叮嘱每月必须按时到账的……"

经他这一说，忽让我发现一个问题，这家伙莫非认为中国医生到这儿来是劳务输出？我好像找到了问题的症结。

我放下筷子，郑重地告诉他："中国医生来这儿是国际援助，不是劳务输出。他们放下家庭和国内的事业，做出巨大牺牲援助贵国。你以为这些津贴就能购买我们医生的劳务价值吗？"不知怎的，说到这，我不由得再次想起艾尼瓦尔那天让我眼泛泪花的那一席话。

易卜拉欣眼珠子滴溜溜转，有些茫然。

我索性为他算了一笔账："你们的津贴在总队部只留作工作经费，我们国家每年还向贵国援助所需药品、器械，这些你难道一概不知吗？"

他僵滞地望着我，似有醒悟。

一周后，塔扎发生一起二死六伤的重大车祸。闻讯后，中国医生迅疾前往，易卜拉欣也赶到了。

经中国医生救治，二名危重伤员生命指标趋于平稳，脱离危险。伤者家属匍匐在中国医生脚下，喃喃自语表示感谢。

我不禁为之动容，心中升起一股前所未有的神圣感。一旁的易卜拉欣悄然捏住我的手，似有什么话要说，但哽咽着未能说出口。

五

届满回国，我和艾尼瓦尔依然保持着联络，但与易卜拉欣的联系中断了。我通过电子邮件与艾尼瓦尔联系，因他妻子是英语教师，我们能通过英语做简单的沟通。

回国后，我觉得自己重返摩洛哥的可能性几乎为零。不承想 5 年后，我参加慰问团再次回到这里。

回溯曾经熟悉的一切，甚至对站立路边身穿灰色制服的警察都怀有几分亲切，我这才发现自己对摩洛哥的眷恋与深情。遗憾的是艾尼瓦尔在电子邮件中告诉我，他和妻子在巴黎看望女儿，不能见面了。而易卜拉欣已离开国际合作处，行程安排不允许我去打听他的下落，我颇为沮丧。

离开拉巴特去卡萨布兰卡参加孔子学院举办的中国文化周开幕式，在熙来攘往的人群中，身后忽被人拍了一下，猛回头让我惊喜不已，居然是易卜拉欣。这家伙欣喜若狂地搂住我，激动的泪花溢出眼角……

"啊，我的阿蜜！"我也情不自禁与他紧紧相拥。此刻他在我眼里已不是当年的那个易卜拉欣，而是生命中一段挥之不去的记忆，一位不折不扣的阿蜜。

六

　　一晃过去了 10 个春秋，艾尼瓦尔和易卜拉欣均已退休。艾尼瓦尔定居巴黎，易卜拉欣过着闲散的退休生活。我对他们说，现在有时间了，一定来上海走走，让我陪他们领略这座城市的流光溢彩。易卜拉欣仍是满口的"得高、得高……"

　　写字台上至今陈放着艾尼瓦尔送我的沙漠玫瑰，仿佛变得更加精致玲珑、绮丽璀璨了，它让我时时想起"北非花园"姹紫嫣红的瑰丽，又使我联想起撒哈拉的浩瀚无垠。

蒋近朱

好久不见

　　他突然要加我微信，我心里一阵激动。同时，无数个问号，噌噌噌地从心中冒出来：怎么想到要加我微信？之前为什么一直不加我？是有什么话要对我说吗？或者找我有什么事？我被拉进班群也有一阵了，总感觉他对我的关注，远不及我对他的关注。他在群里说的每一句话、转发的每一个帖子，我都用心细读，但我从不多言，只是默默关注，遥遥相望。倒也不是没想过从群里把他拉出来单独加微信，可每次这闪念一冒头，就立即被另一个声音强压下去：算了吧，你知道人家怎么想的？他不主动，我也不能冒昧。再说有些话，我特别想对他说的那些话，微信里能说得清吗？

　　他私信发来的第一句话，简简单单4个字："好久不见。"是他的风格，干脆利落，不拖泥带水。我也回复他"好久不见"。我们的"好久"，有多久？我算算，整整40年！ 40个春夏秋冬哪，都半辈子了……

　　他说，为生意上的事，要来我的城市，有空的话见一面。"好啊！你定时间，我来找地方，不见不散！"我心头的鼓，开始咚咚、咚咚、咚咚咚一个劲地敲。脑海中，无数的画面，无数从前的从前，一一闪现……

　　选餐厅不用犹豫，当然是我最喜欢的音乐餐厅：有优美的音乐相伴，环境也好，商业中心大厦4楼，闹中取静，门口又正对着一大片水观景区，几分小资，几多浪漫。

我到得很早，在水观景区旁找了把椅子坐下，不管他从哪个方向来，我在这里都能看到。闲坐四顾，视线被对面一家三口吸引，一对年轻夫妇正带着孩子在水边嬉戏……好温馨的画面，当年的我，在无数次胡思乱想中也曾幻想过：我的身边有个他，还有个很像他的孩子……脸上一阵潮红发烫，赶紧瞄了眼周边，还好没人注意我。

不时把视线投向电梯口，那个高高大大的身影一出现，我第一秒就认出来了，没错，是他！这么多年过去，他的身形、步态，还是深深地刻在我的心底，就是把他扔进人堆里，我也一眼能认出。

他快步走来，我挥手迎上前："韩江，这儿呢！"

"看见啦，我一下子就认出你了，没啥变化嘛！"他朗声笑道，一边向我伸出手来。

"没变化？说客套话可不是你的风格哦！再看看，是不是胖了？也老了吧？"

我把手放进他宽厚的大手，能感觉到他很用力，握得紧紧的，可我心里还是有一点点失望：只是握手，没有拥抱，我曾经多么渴望、在胡思乱想时想象过无数次的亲密拥抱，依旧没有。

他盯着我看了一眼，看得我都不好意思了："说真的，胖倒是胖了点，不过还是胖点好，福相！读书时你太瘦了！"

进餐厅落座，服务员端上一道又一道本地特色菜，都是我精心挑选的。还要了红酒，为了能陪他喝一口，今天我特意没开车。

"这么多菜呀！我拍个照发班群里，馋死他们！"他拿出手机，对着一桌菜拍了两张，又转头喊服务员，"美女来帮忙拍个照，把我俩和这一桌菜都拍进去！"他把照片发到班群，立刻引发一阵议论，大家纷纷猜测和他一起吃饭的是谁，竟有好几个人猜错了！我的变化真那么大？想想也是，我都多少年没回去了，有些同学毕业后就再没见过。

吃着聊着，话题自然离不开故人往事、同学老师。

"对了，上次我们聚会请了江老师来，她还问起你了呢！"

一听江老师，我就莫名紧张："江老师说我什么了？"

"没说你什么呀，就是关心你，说你离得远，很少回来，让人牵挂……"

"你经常见江老师吗？她……有没有跟你说起过……我的事？"我突然变得吞吞吐吐起来。

"也不是经常，有时候教师节啥的，我有空会去看看她。你的事，你的什么事呀？她没说嘛！"

看他这反应，江老师肯定守口如瓶。她当时跟我约定，这件事你知我知，到此为止，别再扩大影响了。这么多年，我对谁都不说，可今天我想跟他说！再不说，我快憋死了，那块石头一直压在我心上。

我双眼盯着他，一边说一边紧张地注视着他脸上的表情："你知道吗，我曾经做过对不起你的事。这么多年来，我一直欠你，不，欠你们一个道歉……"

他一脸蒙圈："道歉？向我们，还有谁啊？"

我举起杯："来，碰一下，你先要答应原谅我！"

我先喝了一口，他也跟着喝了一口："当然，一定原谅，不管你做了什么！"

我又举杯喝下一口，才鼓起勇气开口，说出压在心底数十年的秘密。

"那年，你和金玲的事，是我向江老师告发的！那时江老师不是要我们每周交一篇随笔吗？我就是在一次写随笔时，写到最后，提了这件事……"我内心打着鼓，准备迎接任何暴风骤雨。

他脸上没有愤怒，也没有责怪，唯有惊愕。我继续喃喃道："这么多年来，我心头一直像压着块石头，感觉自己是个罪人……当年，是我拆散了你们，我欠你，也欠金玲一个道歉。今天，我要当面跟你说一声对不起……"

他着急地连连摆手："不不，你不用道歉，这事儿跟你没关系！"他那充满温情的目光，轻柔地扫过我的脸庞，伸手在我肩上轻轻拍了两下："我真没想到，你会为这事负疚几十年，其实这真不关你的事！"

这下，轮到我一脸惊愕了："跟我没关系？真的吗？我可是在心里后悔了无数次，懊恼了无数次……不过，你要相信我，我真不是出于恶意，那天也不知怎么就鬼使神差地……不过现在告诉你也没关系，我们都老头老太了！"我苦笑一下，低下头轻声说："其实，那时，我也喜欢你……但我不像金玲那样大胆，我只会自己胡思乱想，内心一直在痛苦挣扎……后来看到你俩越走越近，我心里的羡慕、嫉妒、失落，甚至绝望，一个劲疯长……"说着说着，我眼眶发热，咬着嘴唇拼命忍，不争气的泪，还是无声溢出，顺着脸颊慢慢滑落……

他抽了张纸巾轻轻为我擦拭掉，拍了拍我的肩膀柔声道："谢谢你曾经喜欢我，我真的一点都没察觉……我和金玲的事，跟你没关系！今天，我就告诉你真相，让这困扰了你几十年的心结彻底解开！"

我们吃着喝着，敞开了聊。他的讲述、我的回忆，把我们又拉回到从前的从前，那些熟悉的人、那些难忘的事、那些印象深刻的场景画面，逐一清晰显现，一切恍若昨天。

我们共同的记忆，首先定格在高一的第一节课。走进教室的年轻女教师，全身散发着清新气息。她刚大学毕业，青春靓丽且自带浓浓的书卷气：白衣蓝裙，胸前一枚红色校徽，黑发微卷，随意在耳旁扎成两把弯弯的刷子，是那种朴素又好看的自然卷香蕉瓣，左右各一枚枣红色发卡，更如锦上添花。她几步走到黑板前，抬手唰唰唰写下几行大字："千山鸟飞绝，万径人踪灭。孤舟蓑笠翁，独钓寒江雪。"写完，又拿起红色粉笔在最后两个字上画了个圈："看到这两个字了吗？"

"江雪。"全班齐声读出。

"对，这就是我的名字，如果你们不想叫老师，也可以直呼其名，我不介意。"她微微一笑，露出一排洁白整齐的牙齿。

我的同桌突然举手，老师示意她站起来说："老师，这首诗的标题是不是就叫《江雪》？"

"完全正确！关于这首诗，你还知道什么？"江老师边说边向我们这边走来。

"我还知道，作者是唐代文学家柳宗元，他是唐宋八大家之一。"

江老师满意地点点头，笑意盈盈地说："回答正确，请坐！你叫金玲，对吗？我们班的语文课代表，就是你了！大家同意吗？"

"同意！"我跟着全班同学一起喊，心里却嘀咕：这也太爱表现了吧？

"老师，我突然想到一个问题。"大家的目光被吸引到最后一排，举手的是全班个子最高的男生。

老师点头示意他发言，他起身大步走到黑板前，拿起粉笔在老师画的圈旁也画了一个圈，圈起"寒江"二字，脸上露出得意的神色："老师您看，我叫韩江，您叫江雪，合起来就是寒江雪，咱俩应该是一伙的或者算一家的？"

教室里顿时爆发出一阵哄堂大笑。我们都等着老师发火，可是没有，她只是莞尔一笑："还真会套近乎，你们谁都别学这一招。在我这儿，套近乎没用，还得靠真才实学！"

她转身把黑板上的字都擦了："来，韩江同学，请你把刚才那首诗背一遍。"

"背就背。"韩江嘟哝道，"千山鸟飞绝，万径人踪灭。……那个什么什么翁，独钓寒江雪。"他挠了挠头，"不好意思老师，第三句我没记住……"

"没关系，回去再背。就是你要记住了：多学知识，比叫啥名字重要得多！懂了没有？这是我给你上的第一课！"

　　韩江耷拉着脑袋回到座位，男生们又一阵哄笑。江老师提高嗓门把下面的声音都压了下去："听好了！每天语文课后，我会选一些唐诗、宋词、元曲等名家名作，作为我们的课外拓展阅读。每日一诗，贵在坚持，贵在长期积累，以后每天早自修，各小组同学到组长那儿背诵前一天抄的诗词，组长到课代表那里背，课代表到班长那儿背。对了，班长我们还没选，大家可以先考虑一下，本周班会课无记名投票选举。"

　　我想起那次选举班长。

　　"你知道吗，金玲那时蛮想当班长的，可无记名投票时，你的票数远远超过她，她都气哭了！"记得那天我还劝了她好久。

　　"是吗？她就是好胜心太强！"他哈哈一笑，"我其实那时不想当班长，太束缚人了，我以前一直自由散漫惯了。"

　　"那你后来还是当了，而且当得很好啊，那帮男生调皮鬼们，都服你听你的！"

　　他笑道："本来我想推掉不当的，被江老师臭骂了一顿，说男孩要成长为男人，必须学会自律、有担当，凡事决不能退缩……是她的苦口婆心加软硬兼施，硬推着我、逼着我往前走。"

　　"那你知道吗，金玲一开始是把你当对手的。她不服气，想跟你别苗头，后来慢慢就变成信服你、欣赏你、喜欢你……她对我说过，从小到大，她没服过哪个男生，就碰到你服了！"

　　他大笑："她是个强势的女生，她到底是服我、欣赏我、喜欢我，还是想收服我，做我的女王，我也弄不明白。"

　　"那你，喜欢过她吗？"我单刀直入，这是我一直想求证的。

　　"说真的，一个女生对我好，主动接近我，我也不是木头，当然能感觉到，但我当时还是个贪玩的懵懂少年，没那么成熟，感情的事真的还不太懂，男生总比女生成熟晚嘛！"

我点头认同他的话："我那时也看出来了，一直都是她主动。不过一开始我并不是很确定，直到有一天，我无意中看到她夹在书里的一封信，是写给你的……这对我的心灵冲击极大，我就在写随笔时忍不住告诉了江老师……"

他接过我的话头缓缓说道："就是因为那封信，我还没想好怎么回信，就被我爷爷奶奶发现了。他们心急火燎地告诉了我父母，父母请了假急匆匆从外地赶回来……也怪金玲胆子实在太大了，她没等到我回信，星期天就找到我家里来，正撞上我父母……"

我惊讶地瞪大了眼睛："是这样啊？她可真是敢想敢做！"

"是的，这一下，事情可闹大了！我父母到学校找了校领导，要求把我俩强行分开。领导说我户口本来就在外地，让父母把我带回他们身边去读书。我父母当然不愿意，他们好不容易把我送回来上学，哪能半途而废呢？校领导又说，反正女孩是农村户口，就让她转学回到公社中学去，我父母一听就举双手赞成。"

"那后来呢，金玲不是也没转学吗？"我疑惑地问。

"是的，这要感谢江老师，她顶着巨大压力立下军令状，把我俩都留在了班里。江老师说，让金玲回乡下去读书，这孩子的命运可能从此就改写了……那时江老师就像奋力护雏的老母鸡，用一个新教师稚嫩的肩膀扛下所有压力，竭尽全力保护我和金玲，又帮助我们一步步走上正轨……她绝对是改变我们命运的人！"他深深感叹，又接着说，"为这事，江老师不知花了多少时间和精力。她分别找我们俩谈话，寒假里给我们写很长的信，那信我现在还留着呢！大年三十，还一个人跑到乡下去家访，争取金玲父母的配合教育……"

"为什么要赶在大年三十去家访呀？"我插问了一句。

"平时金玲父母都在社办工厂上班，年三十才在家。后来，你也看到了，新学期一开学，金玲就像换了个人似的，专注学习，成绩一直名列前茅。"

"是的，我是有一次看到江老师找金玲谈话，又找你谈话，之后你们就有点形同陌路了……我一直以为，我的随笔就是罪魁祸首……谢谢你告诉我真相，我今天回去可以睡个好觉了，不过有可能失眠也说不定！"我长舒一口气，心里一阵轻松，压了我多少年的大石头，终于可以甩开了！

酒喝得差不多，话也说得差不多了，我犹豫再三，豁出去还是开了口："还有一个问题，我想听真话，当然你也可以不回答。"

他倒爽快："没事，你问吧，我也说不来假话。"

"我当时，如果像金玲一样勇敢，你会怎样对我？"说完，感觉自己好傻，但我就是想听他一句真话，让我死也死个明白！

"你想听真话，对吗？我的真话就是：那时，在我心里，有一个女神在。别的女孩，谁也比不上她！"

我惊讶地张大了嘴巴："一个女神？谁呀？我认识吗？"

"你认识，不过你肯定猜不到。"看他神秘兮兮的样子，我真猜不出在他心里的会是何方神圣。

"你们女生都不知道吧？那时男生宿舍晚上睡觉前瞎聊，讨论以后找什么样的老婆，都说要找江老师这样的。我那时走读不住宿舍，是他们告诉我的。他们哪里知道，我从第一节课江老师一走进教室，就有一种惊为天人的感觉！当然，当时那个年纪，一切都还是懵懵懂懂的。高中3年，我心里那棵树在一天天长大，根也越扎越深……"

"那，江老师她知道吗？"我迫不及待地问。

"她当然不知道，我也只是自己瞎想，这天鹅肉咱也吃不上啊！"他自嘲地笑笑，"不怕你笑话，我当时还天真地想过，等我大学毕业了，如果她还单身，我就去找她！可等我大学毕业后去她家看她时，她孩子都蹒跚学步了。那孩子在一张方桌底下走来走去，很好玩。我让他叫我叔叔，江老师马上说，叫叔叔辈分就乱了，叫大哥哥！我不知道她这算不算提醒我：她是老师，是长辈，一下子就把我们的距离给拉开了。"

"你这故事，我们班同学恐怕没人知道吧？"我想他应该不会轻易向人透露。

"这是我一个人的秘密，没人知道。今天，我们用秘密交换秘密，公平吧？"

"公平！绝对公平！真没想到，几十年没见，我们竟一点没有距离感、陌生感，能这样掏心掏肺坦诚相见，太难得了！谢谢你今天来……"我自然地向他伸出手，必须得再握一下，为今天的相见畅聊。

"我还是来晚了，真应该早点来的，不知道你心里压着那么块石头……"他向我张开双臂，"抱一下吧？为我们今天的掏心掏肺坦诚相见！"

我紧紧贴着他的胸膛，倾听着那有力的心跳，眼眶又一次湿润了……今生今世，我终于等来了这一抱。虽然没有爱情，却已超越爱情，胜似爱情……

他松开我，一字一顿地说："从今往后，有什么事，有什么话，都要说出来，别再压抑自己了！"

我能感觉到，他的目光中，有关切，有怜爱，一股暖流直达我心底，眼眶顿时又热乎乎的……我赶紧岔开话题："你和金玲还有联系吗？我也好多年没见她了。"

"她大学毕业就出国了，有时回来我们会一起去看江老师。"

"我下次回去也跟你去看江老师！"

"好啊好啊，一言为定！"

离开音乐餐厅前，我点了首歌，为我们今天的见面。陈奕迅的《好久不见》，我很喜欢。问他，说也喜欢。我们踏着歌声，缓步走出餐厅，舒缓深情的歌声在我们身后，似乎为我们送行：

我来到　你的城市

走过你来时的路

想象着　没我的日子

你是怎样的孤独

……

你会不会忽然的出现

在街角的咖啡店

我会带着笑脸　挥手寒暄

和你　坐着聊聊天

我多么想和你见一面

看看你最近改变

不再去说从前　只是寒暄

对你说一句

只是说一句

好久不见

魏勇

阴差阳错

　　厂部为丰富职工的业余生活，拟于国庆节举办一次别开生面的表演赛。表演要求：凡上台的演员，先说几句话，再做个表情动作，要求风趣自然。

　　通知下达近半个月，七车间竟无人报名。爱面子的蒋主任想出了抓阄这样一个不是办法的办法。真不巧，那"必须参加演出"的字条，偏偏让全厂闻名的一和生人说话便大汗淋漓的罗琪立摸到了。他顿时急得差点要哭出来，可怎么解释主任就是不同意换人，他只好回家向在三车间工作的妻子求援。妻子不但不同情，反而骂他窝囊废，连这都推不掉，接着又骂主任专欺负老实人，最后一甩手说："你的事我不管，给我洗菜去！"

　　他叹了口气，无可奈何地走向厨房。妻子蓦然在背后拊掌大笑，他感到莫名其妙。

　　"有啦，有啦，就演怕老婆！"

　　"这多丢人！同事会当真的。"

　　"本来嘛！"

　　"不行！"他突然一拍大腿道，"对了，就演某人一贯怕老婆，但有天他气急了，反过来把老婆痛打一顿了……"

　　"你想造反吗？！"这下妻子不同意了。

经过长时间的协商，剧本终于编定：

台词——有个人常受老婆压迫，但有一天他竟想推翻这座大山……

表情——又气又恨，欲打又不敢。

妻子怕他上场昏，就答应藏在幕后，如他忘记第一句，她就做个投降的手势；忘记第二句，就举举拳头。

演出那天，他特地喝了一盅白酒壮胆，嘴里不停地念叨台词，直至上台。但等他闭着眼睛背完第一句，睁眼看到台下那密密麻麻的人在盯着他时，脑袋顿时嗡的一下，一片空白，双腿不住地打战。妻子赶紧举起了拳头。可紧张过度的他，早将与妻子的约定忘了，瞬间急得大汗淋漓，只是傻望着妻子。妻子发急了，跑上前台，乱舞拳头。他不解地瞪着妻子，尴尬又可怜。

台下笑声四起，响起噼噼啪啪的掌声。他知道这是在喝倒彩，痛恨自己不争气，连这么两句话都记不住，不禁用拳击头，唉了一声蹲下来。妻子气极，跺着脚狠骂："死鬼！还不快滚下去！"他像听到了救命的声音，起身就往后台跑，不慎被电线绊了一下，打了个趔趄，妻子则紧随其后，边骂边用手指戳他的后脑勺。

他们哪还有心思再看别人演出，一个骂骂咧咧，一个垂头丧气地回了家。

第二天上班时，妻子余怒未消，呵斥他："别挨着走，脸都让你丢尽了！"他只好似犯了错的孩子，跟在她屁股后面。

不料进了厂门，众人就嚷道："看哪，大明星来了！"并不由分说把他们簇拥到宣传栏前。夫妇俩起先臊得满脸通红，妻子还无恶意地大骂小姐妹们。但等他们看到大红纸上的获奖名单时，都傻眼了。

特等奖罗琪立、诸星梅。

经研究决定，他们已光荣地被选送到总公司参加演出比赛。

挖河风波

冬闲时节，县里动员 30 万民工在城西乡开挖一条 20 公里长的松浦河。

这天，在金星大队河段，承担此段任务的青松和联合大队的交接处，两队的民工突然发生了冲突，事情的起因是那 10 厘米宽的"边境线"。别看这条用石灰撒的线细细的，但挖到河对面长要 60 米，深要 10 多米，土方累计起来就是一个不小的数目，也就要多费些劳力，加上连绵不断的落雨，给开河增加了很大的难度，谁肯吃亏多挖这一铲？于是，两队皆故意多留一点给对方。后来越留越宽，线两边却越挖越深，这条线就像大坝一般刺眼地孤零零地横在工地上。

此刻，双方真是到了剑拔弩张的地步，一个个横眉竖眼，青筋暴突。强壮的男人们紧握铁锹、铁镐、扁担等蠢蠢欲动，弱小的女人们则躲在己方的男人后面跺脚拍腿、唾沫飞溅地谩骂，有几个好斗的已互相推搡起来了。

这当儿，民工们蓦然发现一个身穿破军服、面色苍白的消瘦青年，正闷声不响地在吃力地挖那条"边境线"。青松大队的不屑一顾地哼了一声，回到自己的位置上重新干起活来。联合大队的说："早点来做，不就无啥事体了？"也各就各位忙去了。

这青年每次朝自己的一对畚箕里只装两小块泥，比女人还少，而且挑担时歪着头颈，弓着背脊，咬着牙，咧着嘴，活脱似一只癞蛤蟆……且大半的分量又不是担在肩上，而是拎在手里。联合大队的对此嗤之以鼻，骂道："哈（哪）里像个做生活的样！勿要面孔！""泼皮大队还能出好种？""贼头贼脑的，一看就是个乌龟种！"

那青年臊得满脸通红，眼睛死盯着地上，只顾埋头干活。两队的民工见有人在啃这只"烂山芋"，都乐得让他去做，故意多留一点给他，故这条线越挖越宽。人家"吃烟"（吃点心休息），他也不歇；大家收工了，他还在干。可他往下挖的速度根本比不上两队的民工，差距越来越大。

第二天早上开工时，人们见那青年已在工地上了，起先以为他来得早，但一看不对啊，昨天明明要高出好多的一条坝不见了，和两边拉平了。以他这种干法，没一天半日的怎么也不可能干完，难道叫人帮忙了？一夜没困？但两队的人都把他当成对方的人，谁也没去多想，自顾自地干起活来。

一会儿，只听见那正要撑起担子的青年发出一声凄厉的哼叫，一下坐倒在地，昏了过去。起先两队的民工都观望着，等自己人去救，但等一会儿见没人上前，联合大队的人不忍心了。

"自家人都见死不救，还算是人哪！"边骂边把他抬上了河岸。

这时，正巧视察工地路过的副县长闻讯奔了过来。

"啊！这不是金星大队的张银龙吗？"赶紧叫人用拖拉机送医院。等人一送走，副县长脸色突然沉了下来，大声发火道："你们的队长呢？都不要当了！是哪个缺德鬼派少了三根肋骨的残疾军人来开河的！"

民工们心里都咯噔了一下，方晓得事体真相，一个个用怨恨的目光瞪了对方一眼，带着羞愧的脸色各自溜到一边干活去了。

第二天出工时，这条界线已被谁挖下去了2米、3米……且大半挖在联合大队那头。

第三天，这条界线又比昨天收工时低了3米、4米……但大半挖在了青松大队……

王斌

干嘛执拗

　　鲍婉茹对待黑柴真的要比对自己好得多，是因为她太喜欢它了。但她要把它送走，不再养这只宠物狗。她这么做，闺蜜、前夫、弟弟，就连她父母都反对，因为他们都觉得黑柴太漂亮、太可爱了，脸颊拥有完美的杏花，胸部拥有领结状的胸花，十分高贵。闺蜜、弟弟等会经常来看望她，与其说他们经常过来看她，某种意义上还不如说是来看黑柴的。谁会舍得把这么名贵的宠物犬送给别人呢？

　　为黑柴找个好人家送走，前夫很不理解。这只宠物狗在他们离婚之前就豢养了，前夫与黑柴也一起生活了 3 年多，跟黑柴有着很深的感情。协议离婚时，还因为争养黑柴发生了争执，最后鲍婉茹付给了前夫 8000 元，才争取到了黑柴。如今，她竟然一分钱不要地送给别人，这让前夫如何能想得通？前夫得知她要送走黑柴，便过来与她交涉，阻止她将黑柴送出去。前夫表示愿意返还 8000 元，让她把黑柴给自己来养，却被鲍婉茹一口拒绝。对此前夫更为不解，便与鲍婉茹争论了起来。

　　那么，鲍婉茹为什么要把黑柴送走呢？说来挺气势磅礴的，是因为"伸张正义"。

"难道真的要让伸张正义的事情发生吗？"鲍婉茹竟然发起了无名之火，大声地对前夫说。

"什么伸张正义呀？"前夫质问，"就养只宠物狗嘛，扯到什么伸张正义上去了，莫名其妙！"

鲍婉茹知道自己性急说漏了嘴，便坐在那里不吭声。

其实，关于"伸张正义"，还真的不是莫名其妙的事，而是她做了一个奇怪的梦——

二

鲍婉茹牵着黑柴，郗海艮牵着纯白马尔济斯，在同一条偏僻马路上遛狗。鲍婉茹还没有来得及跟郗海艮打招呼，她的黑柴似乎比她对郗海艮更热情，便挣脱牵狗绳，迫不及待地向马尔济斯奔去……

鲍婉茹对郗海艮也表现出真切感激的热情，因为他曾经帮过她。在她快要崩溃的时候，郗海艮全力以赴地帮助她，她怎么能不感激呢？

鲍婉茹与郗海艮热情地寒暄了一会儿，才发现两只狗都不见了。他俩找了一小会儿，在隐蔽的荒草地围墙内侧墙根处，发现黑柴正趴在马尔济斯的背上……郗海艮去驱赶，可是黑柴与马尔济斯连在一起分不开，眼睛看着鲍婉茹和郗海艮。

"你的狗……那个……欺负我的狗，这……怎么办呀？"郗海艮盯着鲍婉茹的脸说，"你的狗那么大，我的狗这么小，这，这……"

"这……"鲍婉茹脸红了，羞愧难当，不知所措。

"这怎么办呀？你说怎么办呀？"郗海艮也很难为情。

"一报还一报！"鲍婉茹豁出去了，她知道有时候宠物狗比自己还要重要。

两人都觉得可行，便在这个隐蔽的地方把自己交给了对方……

此时，黑柴和马尔济斯分开了，并排着坐在离他俩不远的地方，两眼泛光看着它们的主人……

三

梦醒之后，鲍婉茹躺在卧室的床上，回味刚才梦里的情景。郗海艮是谁呢？她好像从来不认识一个叫郗海艮的人。在鲍婉茹的印象中，自己是见到过白色马尔济斯的。狗主人要把马尔济斯犬送给别人，之前这只狗主要由他的夫人照顾，但是前段时间他的夫人去了国外工作，他没有时间、精力、兴致豢养它，只好将它送人。经朋友介绍，他打算把马尔济斯送给鲍婉茹的同学侯悦茵，鲍婉茹陪侯悦茵去过狗主人家。鲍婉茹对马尔济斯和它的主人印象都非常深刻。

狗主人 45 岁左右，个子中等，四方脸，浓眉大眼，一副精明强干的样子。鲍婉茹虽然对他印象深刻，但与他仅一面之缘，之后从来没联系过，更不知道他叫什么名字，而梦中的那个男人，与她见过的狗主人有较大的区别。奇怪的是，在梦中，对郗海艮的模样很模糊，对他的名字却非常清晰。人常说"日有所思，夜有所梦"，但她对郗海艮确实不是日有所思的人物，为什么会夜有所梦呢？让她更为惊讶的是，在梦中，将帮助过她的蕙芝姐的善心与美意，竟然张冠李戴到郗海艮头上。更让鲍婉茹撕心裂肺的是，为了黑柴，她竟然对郗海艮以身相许。

在她看来，梦是有意识看无意识的一扇窗子。她觉得，虽然"不知梦者，照样生活，一无所害"，但是"知梦者，观照心灵，终身受用"。既然要"观照心灵"，她便毫不犹豫地要把黑柴送给别人。对于她送走黑柴的正当性和正义性，她的前夫、闺蜜、弟弟、父母怎能理解呢？而她又如何对他们解释呢？

四

下午，侯悦茵过来看黑柴，说万一真的把黑柴送给别人了，以后就看不到了。

鲍婉茹和侯悦茵逗弄了一会儿黑柴，回到客厅闲聊。鲍婉茹问："悦茵，在你我熟悉的人当中，有没有一个叫郗海艮的人呢？"

鲍婉茹把"郗海艮"写在手机屏幕上递给侯悦茵。

"噢……郗海艮啊，是小说中的人物。"侯悦茵稍微想了一下，"哪部小说里的人物我记不清了，但他是一篇小说里的人物，这肯定没错。"

"小说中的人物？这部小说我看过吗？"鲍婉茹一边拼命地回忆一边说，"我怎么一点印象也没有啊！"

"你看过呀。这部小说就是你拿给我看的呀，那时候'郗'和'艮'我不认识，是你告诉我的，所以我印象很深。小说内容我忘了，但这两个字我记住哩。"侯悦茵说。

"小说中郗海艮是好人还是坏人呢？"鲍婉茹问。

"不记得了，时间太久了。看它的时候我才十八九岁，现在都过去十六七年了，我哪能记得住啊？"侯悦茵说，"你怎么突然问起这个人名来了呢？"

"是因为宠物狗的事。"鲍婉茹笑了笑说。

"说起宠物狗，婉茹啊，你还记得马尔济斯吗？它被我同事代宠莉1.2万元卖了。前不久，狗主人的妻子从国外回来，狗主人联系我，说能不能让他们看一眼马尔济斯。可是狗早被我同事给卖了，让我好为难呀！"侯悦茵滔滔不绝地说。

"它是狗主人送给你的，你当时还承诺要善待它，怎么会被你同事卖掉了呢？狗是你的，怎么是你同事卖的，这我就搞不懂了。"鲍婉茹觉得侯悦茵说的这个事太蹊跷了。

侯悦茵叹了一口气说："这个事说来就话长了。"

五

原来，马尔济斯要送人的消息传出后，代宠莉第一时间便主动联系狗主人，表示非常愿意收养它，声称她非常喜欢马尔济斯。

可是狗主人不愿意把马尔济斯交给代宠莉收养，原因是代宠莉绯闻很多，狗主人对她的人品不认可。

虽然代宠莉想领养马尔济斯的愿望非常强烈，但被狗主人拒绝了她。为了得到马尔济斯，代宠莉找到侯悦茵，让她与狗主人联系，说自己愿意领养马尔济斯。等狗主人把狗交给侯悦茵后，侯悦茵再转交给代宠莉。

"既然狗主人对代宠莉品行不认可，不愿意把心爱的宠物狗送给她，你干嘛要帮助她暗度陈仓呢？"鲍婉茹直言不讳地说，"要知道，这样做对于狗主人来说，是一种欺骗，很不厚道啊！"

"哎呀……本来不想答应代宠莉的，可是我也有苦衷啊！"侯悦茵神情沮丧地说，"最近，代宠莉发生了一件很狗血的事，我担心她利用马尔济斯这件事考验我对她和单位头头是否忠诚，就只好答应她了。"

"什么狗血的事竟然让你愿意放弃做人的原则？"鲍婉茹很认真地问。

"唉……"侯悦茵抿了抿嘴说，"这个事……我不能说，确实不能说啊！你就别为难我了。"

侯悦茵不愿意说的狗血事是代宠莉与单位头头在办公室幽会被侯悦茵、郅松柏、聂肃元无意撞见，聂肃元对其他两人说，谁也不能说他们早晨来过办公室。如果让单位头头知道了或者他们向上级反映这件事，其结果单位头头最多受个纪律处分，继续当他的领导，而他们接下来的命运就不好说了。只要他们不把这件事说出去，世界上就没有第四个人知道了。

六

"即使你有苦衷，也不能违背做人的原则啊！你这是为虎作伥！"鲍婉茹说完不再追问，她向来不强人所难，于是把话题回到领养马尔济斯上来，"悦茵啊，我觉得你应该向代宠莉追回马尔济斯，然后归还给狗主人。"

"追不回来了，代宠莉已经将马尔济斯卖给了宠物网店。我联系过宠物网店，想把它租来一两天，让狗主人的妻子来看它一眼，可是宠物网店已将它卖出去了，这就没有办法了。"侯悦茵说，"到如今我才发现，代宠莉当初想得到马尔济斯，并不是自己领养，而是想卖出去赚钱，挖空心思捞钱是她的本性。"

"我觉得你必须把它追回来。"鲍婉茹再次强调说，"你不应该向宠物网店追，而是应该向代宠莉索要，让她把钱退给网店，把狗要回来。"

"这样……这样我不就和她闹翻了吗？"侯悦茵说，"她可是我们单位头头的心腹哪，惹不起呀！"

"我们要堂堂正正地做人，不能搞这些攀附权势的歪门邪道。要知道，向邪恶、龌龊和阴暗低头，尽管会得到一时的平静，但最终我们会被邪恶、龌龊和阴暗吞噬，到头来还是害人害己，损失更大呀！"鲍婉茹充满激情地说，"如果我们都站出来向邪恶宣战，向龌龊说不，我们所处的世界，我们所拥有的生活，我们的前方一定是光明的。"

"婉茹啊！你说得对，这些大道理谁都懂，但是付诸行动太难了。你给我点时间，让我好好想一想啊！"侯悦茵在纠结，不光是纠结追回马尔济斯的事，她还在纠结隐瞒代宠莉与单位头头不正当关系的事，"哎哟……你知道吗？这……这太难了呀！"

"有什么难的！只要你敢于伸张正义，一切都变得轻松了。"鲍婉茹说，"追回马尔济斯，如果你不做，把狗主人的电话给我，我让他去法院告你。"

"啊！你竟然这么绝情啊，咱俩是老同学，不要搞错！"侯悦茵觉得鲍婉茹不可思议，竟然怂恿狗主人告自己，是不是疯了。

"正因为我们是非常要好的同学，所以我才劝你走正道。对于你一时糊涂，我有责任帮助你改正。"鲍婉茹掷地有声地说。

"这种大道理现在都没人讲了，我做人是有原则的。"侯悦茵不想听鲍婉茹继续讲那些大道理，便推托自己还有事先走了。

七

鲍婉茹的话，确实在侯悦茵心里产生了震动，但是她最终还是没有迈出索回马尔济斯这一步。侯悦茵觉得，找代宠莉索要马尔济斯，必然与代宠莉闹僵，自己必然会成为单位头头打击报复的对象……这样的例子在他们单位已不止一个，难道自己要成为下一个？退一步讲，自己被穿小鞋也就罢了，但是会牵连到聂肃元和郅松柏，这做人也太不厚道了！而且聂肃元和郅松柏为了保护他们自己也会竭力阻止她这么做。所以侯悦茵思来想去，还是迈不出第一步。

鲍婉茹对侯悦茵的所作所为非常失望，她说侯悦茵瞻前顾后，没有骨气。侯悦茵反驳鲍婉茹，说她站着说话不腰疼，鲍婉茹没有在他们单位工作，不知道这个单位人际关系复杂，一招不慎，满盘皆输。侯悦茵真切地说，人在江湖，身不由己，她也真的是没有办法呀。

鲍婉茹并不是个对事对人说过去就能过去的人，此事搁置两三天，她就向侯悦茵索要马尔济斯主人的电话，但被侯悦茵拒绝了。侯悦茵说："婉茹啊，你就行行好吧，别再掺和这件事了，行吗？"

鲍婉茹愤愤地说："代宠莉之流为人不善，做事不厚道，反而理直气壮，问题究竟出在哪了呢？"

侯悦茵说："就是这些人使出浑身解数讨好领导，溜须拍马呗，正好领导吃这一套。"

鲍婉茹的心思仍在索回马尔济斯的事上，她告诉侯悦茵，不给狗主人的电话也没关系，自己有的是办法，自己去过狗主人家。

事到如今，侯悦茵有些后悔了，当初不应该让鲍婉茹陪自己去狗主人家领养马尔济斯。

八

鲍婉茹真的去找狗主人了。

星期六，下着大雨，鲍婉茹觉得狗主人应该在家，便驱车前往。敲门，稍许，狗主人打开了门。

在回来的路上，由于雨下得太大，视线不好，鲍婉茹开车撞到了马路的护栏上，把保险杠的外壳撞瘪了，前右大灯撞碎。虽然人没事，车仍然可以开，但她受到了不小的惊吓。她不敢再开车了，便把车挪到路边安全的地方停下，一动不动地坐在车里。

鲍婉茹在车里枯坐了好大一会儿，手机响了，是侯悦茵打来的。"婉茹啊，我想通了，我把狗主人的姓名、电话发给你。"侯悦茵在电话里说。

"不用了，你别发了……呃……"鲍婉茹说着，忍不住抽泣起来。

侯悦茵听到鲍婉茹哭泣，非常意外和担心，连忙问："婉茹啊，遇到什么难处了？"

"我……呃呃……我撞车了！"鲍婉茹忍不住哭出声来。

"啊！"侯悦茵急切地问，"你在哪呀？怎么撞的呀？人没事吧？"

"撞防护栏上了，呃……在扬冬路上，靠近罕越路，车停在路边上，不敢开了……呃呃……"鲍婉茹魂不守舍地说。

"你别急！我马上过来，你发个微信定位给我。"侯悦茵说着，马上挂断了手机，叫了一部网约车，便急匆匆出了门。

不到半个小时，侯悦茵就赶到鲍婉茹停车的地方。她从网约车上下来，冲进了鲍婉茹的车里。她上车第一句话就问："这么大的雨，你怎么把车开到这里呀？"

"我去找孟载道了。"鲍婉茹擦了一下眼泪说，"回来时，雨下太大了，看不清路，就撞车了。"

一听到孟载道的名字，侯悦茵就知道鲍婉茹是为了马尔济斯，因为孟载道正是狗主人。她埋怨道："让我怎么说你呢？为了一只狗，这是又何苦呢？"

"不是为了狗，是为了你，为你伸张正义。"鲍婉茹说，"谁让你是我最好的同学呢？"

九

侯悦茵把车开到鲍婉茹住处地下车库停好，已经是晚上9点多了。鲍婉茹没有吃饭，从冰箱里拿出来两盒方便面，举起一盒对侯悦茵说："你也吃一盒吧，权当夜宵！"

"我不吃，这是垃圾食品，何况我要减肥。"侯悦茵说，"这些垃圾食品你也少吃，虽然你身材苗条不怕胖，但是还要为健康着想。"

"偶尔吃一下也没关系。"鲍婉茹泡好方便面，坐了下来，"我去了孟载道家，你根本想不到我看到了什么？"

"你看到了啥？"侯悦茵问。

"我看到了马尔济斯。"鲍婉茹对侯悦茵说，马尔济斯又回到了孟载道手里。

今天，孟载道下班回家，马尔济斯就蹲在他家门口，见他回来，非常兴奋地直往他身上扑。他喜出望外，把马尔济斯抱回了家。

原来，买走马尔济斯的新主人今天下午带它到孟载道家附近的公共绿地游玩，不小心让它溜走了。马尔济斯对这个地方非常熟悉，就跑回孟载道家。

孟载道猜测马尔济斯是从侯悦茵家里逃出来的，便想联系侯悦茵，但没想到找上门来的是鲍婉茹。

鲍婉茹到了孟载道家，刚坐下不久，又有一个陌生女士登门造访。她叫常欣薇，就是马尔济斯的新主人，她一路打听，有个路人告诉了她狗的去向。

在孟载道的家里，鲍婉茹向孟载道和常欣薇详细讲述了马尔济斯被代宠莉卖给宠物网店的来龙去脉。

听完鲍婉茹的讲述，常欣薇决定中止领养行为，向宠物网店申请退款。因为马尔济斯系赠送，按照赠送协议，代宠莉无权将其卖掉，宠物网店可向代宠莉追责，并要求其退款。

经此一事，孟载道再也不想把马尔济斯送养了，他决定还是由自己继续养。实在照顾不过来时，可以将马尔济斯暂时寄养在宠物托管会所。

"你终于想通了。可是那时我已经去过孟载道家了，所以我说不必要了。"鲍婉茹已经把方便面吃完了，漫不经心地搅着剩下的汤说。

"可是你的车撞了。"侯悦茵有点自责地说，"早点把电话给你，车就不会撞了。"

"撞了也值得。"鲍婉茹扔下吃方便面的一次性叉子，"如果孟载道出面向你和代宠莉索要马尔济斯，最理想的结果是代宠莉把卖掉它所得的钱全部吐出来。现在有宠物网店与代宠莉交涉，她不光要吐出卖掉马尔济斯的钱，还要赔偿宠物网店因收购它所造成的其他损失，让她偷鸡不成蚀把米，难道不值得吗？"

"值得，哈哈……真的值得！"侯悦茵开心地说，"说不定过不了多久，她那狗血的事情也会尽人皆知，偷鸡不成蚀把米，受到惩罚！"

"会的，一定会的。"鲍婉茹说，"善有善报，恶有恶报，不是不报，是时候没到啊！"

　　"喂，黑柴……"侯悦茵走到黑柴笼子边，看了看黑柴问鲍婉茹，"黑柴，你还想送给别人吗？"

　　"不送了！"鲍婉茹走了过来，摆摆手说，"即使要送，也要送给一个值得信任的人！"

　　因为鲍婉茹去找孟载道了，今天没有时间遛狗。现在她打开狗笼，把黑柴放了出来，让它在客厅里玩一会儿。没想到黑柴一出来便跳到了蹲在那里的侯悦茵背上，吓得侯悦茵连声尖叫……

　　"婉茹啊，黑柴是只公狗，给它找个伴侣吧！"侯悦茵说。

　　鲍婉茹想说梦中的事，但又不好意思开口，便改口道："怎么找？"

　　"马尔济斯呀！"侯悦茵看着鲍婉茹说，"孟载道家的马尔济斯是母的，正好呀！"

赵靓

花瓣雨 (节选)

一

初二的时候，王芙就想赶紧长到 19 岁，那样自己就成大人了，可以自己做主了，可以做自己想做的事情。好像光明就在前方，她渴望着早点到达那个世界。

这不，现在王芙刚好 19 岁，大学里面的生活很丰富。有电影，有舞会，也可以到别的学校去玩，但是王芙的专业属于理科，科目难，作业多，每天还需要背上书包去自修室学习，比高中好不了多少。

接下来班级举行迎新舞会。王芙是童花头，穿着绿色带着点光泽的上衣，肩膀有些泡泡的皱褶，下身穿条黑裙子，这是一个极其清纯的女学生打扮，甚至像个高中生，淳朴、天真、文静。

王芙站在那里很腼腆，这时一个男生过来请她跳舞："请你跳个舞好吗？"

王芙看是一个不怎么起眼的男生，有些瘦弱，但她又不好意思拒绝便同意了，他们一起来到舞池。

王芙很不自然，因为刚入校不久，大家还不认识，之前也没说过话。

男孩叫顾米，看上去也很文静，不是活泼型的。他问了王芙是哪里人等一些问题，王芙简单地回答了他。王芙感到男生对自己有好感，但自己对他没有任何感觉。她还没有谈过恋爱，根本也不太懂具体的好感是什么。这个晚上，男孩虽然请她跳了几支曲子，可她心里没有产生任何波澜。

舞会结束，同学们走出舞厅。校园边上就是那条著名的玉辉河，成为学生们谈恋爱最好的去处，小桥流水，草木葱茏，还有几株月季开着，在夜色中，氤氲微凉。王芙的心里有一些孤独和希冀。

二

王芙床对面的女孩叫姚浦。她和王芙都漂亮，但属于两种类型。王芙骨架小显瘦，姚浦骨架大微胖；王芙脸小，她的脸大；王芙鼻子挺，她比较普通。

舞会过后几天的一个晚上，姚浦找王芙出去聊天，她说出了自己的心事。

"顾米要和我谈朋友，但是我不喜欢他，你说我要不要答应啊？"

王芙很诚恳地聆听着她的苦恼，虽然她小，但也知道感情的事情需要自己决定，于是她很委婉地说："你自己考虑下，这我也不知道该怎么办。"

"他跟我说，很喜欢你，本来想追你的，可是你对他没感觉，他就转过头来想跟我谈朋友。"

王芙确实对顾米没有任何感觉。顾米其貌不扬，个子又小，根本不是王芙喜欢的类型。

"我对他也没有一点感觉。他送了我两盒张学友的磁带让我听，他最喜欢张学友的歌。我原想听两天还给他，可是现在我又不想还他了。你说我怎么办啊？"

"那你再好好考虑一下吧。"

姚浦对王芙说："我不想还磁带，是想跟他谈谈看。"

顾米的家庭条件很好，父亲是离休干部，老来得子，就这么一根独苗，非常宠爱。姚浦虽对王芙说过几次自己不喜欢顾米，但还是同进同出成了班里最早的一对，一起吃饭、自修。之后分分合合几次，姚浦对王芙说："其实他很喜欢你的，我总觉得他心里还有你。我根本不喜欢他，但是现在也没有比他好的，就先跟他谈着吧。"王芙绝对没有姚浦那样的想法，因为她根本不知道怎么谈恋爱，也不明白一点都不喜欢还能谈。

有次她们一起去附近的圣骏大学参加舞会，之后一个能说会道的上海男生追姚浦，姚浦也跟王芙说了自己苦恼。那个男生更高更帅，她喜欢，但是不在一个学校照顾不到她，而且家庭条件一般，没有顾米家好。他们约会了几次，但姚浦没有选择他。

三

王芙有两个偶像，贾宝玉和佐罗。这两种形象给她的感觉是不一样的，但都是王芙喜欢的类型。贾宝玉的蕴藉温柔和佐罗的侠骨柔情或许就是王芙理想爱人的标准吧。她非常坚定执着，憧憬着。

"今天好无聊，晚上陪我去跳舞吧？"其他人都不在，周末下午寝室里只剩下王芙和刘昔。

"我不想去呀。"

学校的舞会很出名，其他高校的师生和社会上的人也慕名而来，周末非常红火。

但王芙他们班课业繁重，而且比较难，所以同学们基本不去，以前全寝室一起也就去过一两次，这都好久没去了。

刘昔的兴致很大，她很活泼，一向闲不住，没有玩乐的周末着实让她无聊。

"去吧，去吧，陪我去吧！"在她的软磨硬施下，王芙终于答应了。

每次去舞会照例是要化妆的，刘昔个子小，一直穿很高的高跟鞋。脸长得不错，但身材不苗条，怎么打扮都不是很美。

王芙也简单地化好妆，她本来就是个美人，同学们说她长得和巩俐很像。有人夸她的身材是黄金比例，她的鼻子被人称作希腊美鼻，还有人说她的脸具有西方古典之美。

她们进去就坐在台阶上，突然传来一个声音："请你跳个舞好吗？"

王芙抬起头，看到一个很精神的男孩子，个头不高，但是感觉很干净利落。王芙站起身，男孩显得比较老练、大方一点。舞曲结束，王芙回到座位。下一支舞曲，男孩又来邀请王芙。

二人边跳舞边聊天，对彼此的感觉都好。

男孩叫唐省，来自南方，而王芙来自中原。唐省充满热情地赞美王芙："你整个人兼具南北之美。长江和黄河的水都滋养了你，你长相灵秀，性格柔美，而你所懂的文化南北融会。"

看得出，唐省非常喜爱王芙。王芙平时不大爱说话，但此时变得话多了起来，二人天南地北、国内国外聊嗨了。

直到舞会结束，他们还在开心地聊着，都有些不舍！

唐省约王芙下个周末去植物园游玩，王芙爽快地答应了。

舞会放了很多经典歌曲，其中就有王芙最喜欢的《最后的华尔兹》和《交换舞伴》这两首，与她此时心境非常契合。她就是一个害羞的女孩，遇到喜欢的人，就再也不想分开了。

《最后的华尔兹》中孤独害羞的小女，不正是王芙吗？

两个孤独的人在一起，我爱上了你！希望这最后的华尔兹永不停止。

《交换舞伴》旋律好优美，王芙听着，仿佛置身于电影中，自己的心情和《最后的华尔兹》中的女主角一模一样。

"Oh my darling, I will never Change partners again."亲爱的，

我再也不要交换舞伴，只想和你到永远。

四

唐省约王芙周末去植物园玩，这是王芙第一次约会。两人见面唐省自然是很开心，一起上了去植物园的公交车。他们坐在车的右侧，唐省殷勤地请王芙坐前面，他在后面。他说："这样我好看你呀。"

王芙其实是后知后觉的，她没有谈过恋爱，也不会说话，有点懵懵懂懂。她还不好意思呢，也就没有回头和唐省说话。比较远，坐了有段时间了，她回头问唐省："快到了没有？"眼睛正好撞上唐省热切的眼神，深挚的迷恋与钟情，那眼神她从未见过，眼睛好像会说话一样，把心事全说了出来。唐省也是不由自主发自心底的炽热，他其实也都没说话呢！

王芙懵懵懂懂，在以后的岁月里她明白这样的眼神就是爱，可是那时她根本什么都不懂。

唐省是国际经济法专业的，浑然的西派风格，非常得体有礼。虽然是个学生，但那天舞会他穿西装俨然一位绅士，有点小虎队吴奇隆酷帅的感觉，可是他还要胜一筹，因为他知性沉稳，眼神里的炽热都快把王芙融化了！

今天唐省穿的是休闲装，一样风流倜傥，这就是王芙心目中的贾宝玉吧？可惜王芙那时没有细想，她对恋爱还没有一点谱呢！

五

植物园别后，唐省的信马上就来了，和王芙心中的期待配合得很好。他真是最绅士的情人，用这么优美的方式联系感情，就像小说《傲慢与偏见》那个时期的风格。

唐省请王芙去他们学校一起去看电影《基度山伯爵》。

王芙如约而至，横跨整个教学楼前面的是一片大草坪，边上是稀疏的树，他们在草坪角上停留了一会儿。唐省向王芙介绍那些教学楼，其中一幢楼是用学校著名校友的名字命名的。

电影院挺大，电影开始后，王芙悄悄对唐省说："那个基度山伯爵和我爸爸长得很像。"

"喜欢这部片子吗？"唐省问。

"非常喜欢！"王芙被剧情吸引住了，感谢唐省带她看这么好的影片。

二人的学校相距不太远，需过吴州河，有一座陈旧的铁架桥。那时候吴州河还很污浊，旁边是垃圾，周围的房子也是些低矮的搭建房。王芙是从这座桥上来的，唐省就从这座桥送走王芙，他愿意多送一会儿，就把王芙一直送到她的学校门口。

六

王芙感觉自己总是被唐省吸引，自己多么喜欢这个男孩子，这是今生的爱人吗？王芙好想这一切都是那么美满，花前月下。王芙想到自己的家庭，她无法想象带唐省回家时的样子。虽然王芙觉得与唐省天生一对，好想和他携手今生，可他家在城市，自己家在农村，条件又不好，跟他不般配。其实这倒还不是最主要的，主要是王芙心里总害怕妈妈发脾气，她不愿意让唐省看到，更何况自己还比唐省大一岁。

有一种压力让她陷入深深的苦恼，也可能是和林黛玉一样多愁善感吧？虽然她知道自己算是漂亮的女孩子，可是她还是不自信。虽然知道唐省喜欢自己，可是她觉得无法继续下去。在巨大的心理压力下，她决定写一封信告诉唐省他们不能在一起。

晚上，她来到河东的一间文科小自修室。里面只有她一个人，她边写边哭，泪水很快把信纸打湿了。第二天她就把这首断情诗寄出去了，诗中决绝地告诉唐省自己不能和他在一起，但并没有说明原因。唐省收到后很快就回了信，信中既不哭天抢地，也不言辞激烈，有他秉性一致的随性散淡的文学风格。他只是淡淡地诉说着校园生活，在最后一段他写到，这些天总是下雨，看到桃花落了一地，令他想起童安格的《花瓣雨》和谭咏麟的《雨夜的浪漫》。他没有直白地说什么，而是将一切含蓄地表达出来。可惜那时候王芙不能完全领会唐省信中，特别是两首歌所表达的意思。只是，她认为这样就算结束了。

七

王芙再没有回信，他们就断了联系。王芙心里从来没有将唐省放下，这无奈的放弃只是因为自卑，她把痛苦埋在心里，但仍然想着他。

王芙每天都在听《花瓣雨》和《雨夜的浪漫》，她认为这就是唐省的心声和怅惘。也许，花瓣满地就是他们破碎的情感。《雨夜的浪漫》温柔凄迷，带着无限的伤感。王芙经常听着听着流出泪来，自己心里虽然想着唐省，可这无限的心声该怎么跟他诉说。她在一遍一遍的歌声中回想这美好的情意，带着无限的感伤和遗憾！

一天晚上，王芙做了一个梦：唐省拿着一只玉镯穿过王芙纤柔的手，把它套在她白嫩的胳膊上。王芙流出清莹的泪水，被这美好的时刻感动。很快梦就醒了，像贾宝玉从太虚幻境中醒来一样。这或许是王芙心理的折射吧，她把唐省当作今生的爱人了。在这之前，王芙没有戴过玉镯，甚至没有见过！可是梦中的玉镯就那么温润欲滴，套在了她的胳膊上。王芙这一生都没有忘记这个梦及这只玉镯。

黄抒绮

小　晚

　　"金老板，您喝口水润润嗓子。"刘大班主提着黄铜茶壶，咧着一口黄牙讨好地对对面在卸妆的金小晚说。

　　小晚不说话，也不接铜茶壶，就着班主的手，凑过头噘起唇含住长颈壶嘴喝了几口，一点都没有弄坏唇上的妆。正喝着，费先生走进来，也不说话，就站在边上看小晚卸亮片子、擦油彩。费先生经营着一片茶山，省内外茶叶生意都经了他的手，是个挺大的金主，在刘大班主这里花了不少银子，才得了能隔三岔五和小晚共进夜宵的便宜。

　　小晚依然不说话，静悄悄卸完了妆，站起来挽着费先生的胳膊袅袅婷婷地往外面走，边走边悄悄说了一声"走啦"，算是和刘大班主道了晚安。

　　小晚是刘大班主昆剧班子里的头牌，16岁登台，20岁的年纪已经让刘大班称呼"金老板"了，着实是个台柱子。在这个城市里有太多小晚的专票，每晚跟着小晚而来，捧场的老板更是数不胜数，刘大班主可不敢小看这个20岁的"老板"。

　　小晚是个男孩子。送到戏班子里来的时候只有8岁，小晚本来不叫小晚，而叫小碗。小晚的娘生了好多孩子，到小晚的时候随便叫了个名字，意思是能拿个小碗端着吃饭就好。养到8岁，小碗端着的饭也供不出来了，就把孩子送到了戏班子，没卖孩子没收钱，让孩子有口饭吃能活着就行。刘大班主打量着小晚，虽然因为营养不良瘦得可怜兮兮的，但依然能辨别出来五官很精致，皮肤很白皙，是块学旦角的好料，当即给他改名小晚。刘大班主是个有良心的好班主，并不压榨这些孩子，让他们拜了师傅学手艺，每天好茶好饭供足，所以这些孩子和刘大班主是有些真情分的。

刘大班主的眼光果然不错，小晚努力认真，细细的小嗓子吊得清清柔柔。刘大班主非常担心的青春变声期小晚也安稳度过了，小晚在变声的时候每分每刻都注意捏着嗓子，台上台下都尽量用女声，硬生生撑住了尖细的女嗓，师兄弟们只能在非常偶尔的时候听到小晚用男声说话，会惊讶原来不拿捏着小晚也是个粗犷男儿。小晚登台后没多久就散发出别样的光芒，柔软的腰肢，细长的手指，兰花指一翘水灵灵的，从头到尾就是个姑娘家，吸引了多少女人艳羡的眼神和男人贪婪的目光。小晚的命运也自然和大多数出了名的男旦一样，小小年纪就受到各级大老板的追捧，抢着带他出台，后来当地的大金主费先生也被他迷住了。

费先生 40 多岁，个头不高，戴着一副金丝边眼镜。他话很少，跟小晚在一起好像就是为了看小晚吃夜宵一样，小晚拿勺子的样子，小晚喝汤的样子，小晚抬头笑的样子……小晚的一切都让他痴迷。

"小晚。"这晚费先生突然开口。小晚照例点了一客馄饨，正在吃，听到费先生叫他，便抬起头来。

"小晚，吃完了我带你去个地方唱个小曲子，不是堂会，你唱几段散曲就行，有人想听你唱，又不方便出来看戏台。"费先生顿了顿，"我给你三倍的赏金。刘大班主那里就不要通气了，你自己拿着。"小晚黑漆漆的眼睛看了费先生一会儿，抿嘴一笑，点头同意了。

费先生带着小晚到了一个弄堂，走进楼梯敲开二楼的门进去。一个和小晚差不多年纪的姑娘迎了出来，看到是费先生和小晚，姑娘笑了一下。小晚一愣，他看到过太多人朝他笑，谄媚的，不屑的，有所图的，带着动手脚的笑，他见得太多了，但是从没有看到过那么明媚的笑容，两个酒窝深得仿佛能装下一泓清水，眸子晶亮有神，挽着一个松松的发髻，里面别着一朵小花。"五娘，"费先生唤她，"金老板来了。"小晚收收神，略站了一会儿发现再没有旁的观众，五娘是唯一的看客，便在厅堂里咿咿呀呀唱了起来。被唤作五娘的小姑娘屏息凝神地观赏着，两手捏着花帕子随着小晚唱词的内容一会儿松一会儿紧，好像把整个人的魂儿都放在曲子里了。终于唱完，姑娘呼出一口气，由于距离近，小晚闻到了一阵幽香。"金老板唱得可真好。"姑娘开口，声音也如银铃般动听。抬头，眼睛对上了小晚的眼睛，娇羞一笑，露出两个深深的酒窝，然后悠悠然叹了一口气。小晚连忙移开目光，小晚竟然在五娘短暂的眼神里看到了复杂的拉丝。费先生不停顿，待小晚唱完便作揖告辞。

这天后，小晚再也不能忘记那对晶亮的眸子和圆润的酒窝，20岁的男旦小晚思春了。

费先生阴沉着脸看着对面吃馄饨的小晚，这个月来，他才第一次和他一起吃夜宵，好几次散场后他去找小晚，都被告知金老板已经下场走了。

"别以为我不知道你去了哪里！"费先生低声说。

小晚用勺子搅着馄饨汤，丢给费先生一个满不在乎的表情，并不回答。

"你去找五娘了，对吗？你每晚去找她，别以为我不知道！"费先生厉声道。

小晚放下勺子，后背靠到椅子上，尖细但小声地说："是的，你说得没错。"

费先生有点生气了："你们都干了什么！"

小晚轻轻笑了笑，不作答。

"难道我对你还不够好吗？难道我给你的钱不够花！"

"你和其他人不一样，你尊重我，所以我才会常常跟你出来吃夜宵。"

小晚身体靠上前，手撑在桌子上，看着费先生，又垂下眼睑，长睫毛投射出一排阴影，费先生的心都碎了。

"但是，"小晚说，"你们都把我当玩样儿。只有五娘，她把我当男人。"

费先生嘴角抽搐了一下，长久长久后说："你知道五娘是谁吗？"

费先生站起来："他是我兄长的人，他是费大先生最宠爱的外室。曾经有年轻男人和她有染，但凡是觊觎她的人，都在短时间内消失了。五娘是个不安分的女人，所以她才被禁足在房间里，吃饭也仅能到门口弄堂的餐馆。"他顿了顿："我兄长发现她又有了男人，只是还不知道这个男人是谁，你不要再去找五娘了。"费先生说完扬长而去。

费大先生是个神龙见首不见尾的人物，与费先生是同父异母的兄弟，比费先生年长十几岁。据说费大先生黑白两道通吃，手里兄弟无数，费先生能够把茶叶生意做得风生水起，大路宽广也是亏了他这位兄长，总之是个得罪不起，也不能得罪的大人物。

10天后，费先生又在戏散场后来找小晚。小晚已经走了，小厮看到费先生，颠颠地跑过来，恭敬地递上一张字条，作揖道："费先生吉祥！金老板让把这个给费先生。"费先生打开来看，上面写的是一个餐厅的地址，正是五娘定点用餐的那家，约他9点半到餐厅见面，自己先过去了。费先生径直来到餐厅，小晚不在，但五娘在。

五娘热情地邀请费先生坐下，说小晚有事出去一下，马上会回来，桌上确实是两副碗筷。费先生面无表情地坐下来，五娘又展开她毫无城府纯粹洁白的笑容，殷勤地给费先生布菜、倒酒。给费先生夹菜的时候不小心把一筷子菜掉在费先生西服上，五娘忙不迭地帮费先生擦拭。五娘笑着跟费先生唠家常，只是不提小晚。问费先生各种坊间趣事，费先生稍作回答便会惹来五娘阵阵欢笑，有时简直前仰后合，接连喝酒。五娘这种松弛感渐渐影响到费先生，他也开始放松脸部线条，慢慢夹菜品酒。10点半多了，小晚还是没到。五娘笑着说："看来金老板有事被耽搁住了，回不来了，你送我回家吧。"费先生和五娘走出餐厅，他感觉身边好像有个人，但不是小晚。五娘自然地把手伸进费先生的臂弯，甚至整个人都靠了上来，费先生向旁边让了一下。他看见五娘的眼睛快闭上了，他想她是喝多了，只好皱着眉头让她虚靠着。很快到了楼下，费先生把五娘的手抽出来，想要告辞，但是五娘说夜里太黑了，让费先生把她送到房间去。这个时候，费先生感觉到了什么不对劲的地方，但他又说不出来哪里不对劲。他觉得灯光的阴影里有一条闪过的影子，但不是小晚。他对小晚太熟悉了，确定不是小晚。费先生硬着头皮把五娘送回房间后，便匆匆下楼出来。

　　第二天，人们在弄堂口发现了费先生的尸体，心脏中刀。费先生在血泊里躺着，像躺在一张红色的床上，看不出死前的表情。警察署很快查实，是一个小混混杀了他，因为生意上的纠纷——这个小混混曾经是费大先生的手下。

　　金小晚和五娘在这晚后也消失了，有说去了别的码头唱戏，有说被费大先生捆了沉湖了。真相莫衷一是，总之这个埠子，刘大班主的戏班子里再也没有一个叫小晚的角儿了，费大先生也失去了一个叫五娘的外室。

　　人们很快便忘了这件事。

庄锋妹

噩梦娃娃（节选自《看不见的孩子》）

新老师杨晓丽来家访。

王芳特地请假一天，并在老师按响门铃的前 3 秒，要求许邑安静地、端正地坐在客厅的沙发上。也就是在这 3 秒钟里，许邑突然发现这沙发似乎不适合坐，总觉得身子在不停地往下陷，像极了他的梦境，一个包裹了他整整一年的噩梦。

"老师，辛苦了，这么热的天还让您特地跑一趟呢。"

王芳的声音在门口热情地响起。她的声音很特别，是一种大提琴的音色，给人在演奏厅听交响乐的感觉。只是她似乎并不喜欢自己的这种声音，很多时候她都会刻意压制，特别是在和许邑不开心的时候，准确点来说，是在她自认为许邑又不听话、不懂事的时候。

许邑从思绪中抽离出来，转头看向窗外，阳光热烈地挂在玻璃上，滋滋作响。

"许邑，你这孩子，"王芳的声音从门口直接蹿进了客厅，还带着淡淡的责备，"老师来了，怎么都不和老师打招呼呢？"

许邑回过神来，身子如弹簧般从沙发上蹿起来，慌乱地抬起头，发现一张似曾熟悉又陌生的脸正巧跳进他的眼睛。这老师在校园里曾无数次地遇见过，却从未交集过。但他知道这位老师——学校有名的火暴脾气，做事更是雷厉风行。

"许邑，"杨晓丽笑得很是灿烂，像把外面的烈日带了进来，但声音很是柔和，"我是你初中阶段的班主任杨老师。"

杨老师那种显而易见的热情，有那么一刹那，让许邑猛地滋生了一种防备——一般热情的人，翻脸总是比翻书快。

"老师和你说话呢。"王芳轻轻地用肘推了一下发愣的许邑，随即脸上堆满了笑容，"老师，您快坐，快坐呀。"接着，边朝着厨房走去边柔声问道："老师，您喝果汁还是冰咖啡？"

许邑这才发现，茶几上放着两盘满满的水果。一盘车厘子，一盘黑提，都是他最爱吃的。

"许邑妈妈，不用客气，我什么都可以。"杨晓丽坐在许邑对面的沙发上，笑着回应，随后用目光快速地扫射了这个家。

日式风的装修，简单中透着奢华，特别是自己屁股底下的这张墨绿色沙发，不管是视觉还是触觉，都能感到它价值不凡。让她觉得尤为惊讶的是，沙发背景墙竟然是照片墙，上面挂满了不同的照片，依稀能看到坐在自己斜对面这个男孩的相片。

她不由得嘴角上扬。

许邑也正用眼角的余光，偷偷打量着这个既熟悉又陌生的老师。她的皮肤一如既往地不白，甚至比之前更不白了。一副黑框眼镜后面的眼睛弯成了月牙，显然她是在笑。但不知为何，许邑有种强烈的压迫感。难道说，初中老师都有一种自带的威慑力吗？

"许邑，暑假作业都做完了吗？"杨晓丽突然发问，此时她已经把目光从照片墙移到了许邑脸上。

漂亮！

许邑内心低呼，果然是老师，果然是全校名不虚传的初中老师，开门见山，直戳重点，这才符合她的人设、她的个性。

他想了想，选择了用摇头回答。那是因为他觉得自己实在没有底气用"没有"两个字来响亮地回答老师的这个送命题。

王芳踩着小碎步，端着一杯自制的冰咖啡，弯腰轻轻地递到杨晓丽面前，嘴角微微上扬，边坐在了许邑的身旁风轻云淡地说道："我们家许邑还是比较懂得时间管理的。这个暑假，时间都是他自己管理，我们都不要操心的。"

杨晓丽脸色一变，她怎么也没有想到许邑妈妈会用这样的方式暗怼自己。她微微一笑，将目光移向了许邑。许邑并没有看杨晓丽，而是转头看向了妈妈。此刻，妈妈面容慈祥，笑容美好。恍惚间，他好像又回到了从前，看到了那个曾经对自己百般呵护、柔软又大度的妈妈。但下一秒，他的脑海里又跳出昨晚因为自己没有时间观念，对着自己大吼大叫、面目狰狞的妈妈，身体猛地打了个寒噤。

大人的谎言，真的是信手拈来。

王芳就像没有发生什么似的，欠起身，把车厘子往杨晓丽这里推了推，柔声道："老师，您快吃点水果，这车厘子很新鲜，昨晚许邑爸爸刚刚带回来的。"

杨晓丽微微一笑，细细地品尝着手里的车厘子，就像在品味许邑妈妈的话。眼前这个打扮精致，有着一双好看丹凤眼的女子，每一句话都在体面地维护着这个家庭的每一个人，也透露出自带的优越感。面对这样的家长，她自有应对方式。

"许邑，听你们五年级的班主任说，你很喜欢阅读，是个特别有想法的孩子呢。"杨晓丽把话题转移到了许邑身上。

许邑挺直了脊背，张了张嘴，却不知该怎么回应老师。自己确实喜欢阅读，但自己并不是个有想法的孩子。他觉得不管自己怎么选择，都不能用"是"或者"不是"来回答。于是，他索性选择了沉默。

"你能告诉我，平时你都爱看什么书吗？"杨晓丽继续追问。从自己进门到现在，眼前这个瘦弱的男孩，还未开口说过一句话。她很想通过交流来了解眼前这个即将成为自己学生的男孩。

许邑再次把刚刚耷拉下来的脊背挺了挺，眼睛快速地瞄了一眼王芳后，低下头，支支吾吾道："我喜欢看侦探类的小说。"

"哦……"杨晓丽语气里明显有了失落感。

空气似乎有点尴尬。

"老师，我一直有个困惑，想请教您一下。"王芳眼里含笑，对着杨晓丽说道，"在关于孩子阅读上，我和许邑爸爸都崇尚以孩子的兴趣为重点，鼓励孩子想看什么就看什么，但我和其他家长聊天，发现大多数的父母都要求孩子看什么样的书。所以我总是很困惑，自己这种方式是否正确呢？"王芳说到这里，又是莞尔一笑，轻声试探："老师，您觉得我这样做，是否正确呢？"

杨晓丽深深地吸了一口气。许邑妈妈这哪是在请教自己啊，这显然是在告诉自己他们的教育理念，并且划清界限啊。

"当然，您的教育理念我很赞同。尊重孩子的兴趣和热爱，才是教育的本质呢。"杨晓丽边回应边端起冰咖啡，喝了一大口。

咖啡的苦卷着一阵冰冷，直接从舌尖窜到喉咙再到胃里，慢慢平息着杨晓丽内心压着的不爽。

"许邑，我看了你五年级的成绩，还是不错的。只是有些薄弱的科目，我们还需再接再厉呢。"杨晓丽把话题引向了自己专业的点上。

许邑恰到好处地点点头。他内心很明白，五年级的成绩其实并不理想，老师这样说已经给足了自己面子。

"你的底子很不错的，我相信你一定能通过自己的努力，更上一层楼。"杨晓丽补充道。

许邑再次点了点头。他知道，面对老师的鼓励，点头是最好的回答。

杨晓丽看着依然沉默的许邑笑了笑，把目光移向了旁边的王芳。王芳始终保持着笑容，彰显着一个女性特有的得体。

　　"杨老师，说来惭愧，"王芳嘴角一扯，眼睑低垂，轻声说道，"许邑从一年级到五年级，我们都没有给他报过任何补习班。我们总认为，考试的内容应该都是学校老师会教的知识点，没有必要拔苗助长的。"

　　杨晓丽的脸猛地拉了下来，但随即又把嘴角用力往上一扬，保持着作为一个教师该有的素养，礼貌地点头并附和："确实，孩子的成长不需要拔苗助长。"接着起身："许邑妈妈，我还要去家访后面的学生，今天就先这样吧。"

　　王芳急急站起来，许邑跟着也站起来。

　　"许邑，加油哈，老师相信你在六年级一定乘风破浪，更上一层楼。"杨晓丽轻轻拍了拍许邑的肩膀。此时，她的内心竟然对眼前这个寡言的男孩产生了强烈的同情心。

　　被这样一个如此在乎体面的妈妈控制着，应该非常难受和压抑吧？

　　许邑身子下意识地颤抖了一下，但如释重负。

　　王芳边嘴里不停地说着"谢谢老师""让老师费心"之类的话，边热情相送。许邑如木偶般跟随着妈妈的脚步，在开门的瞬间，他看到一缕阳光站在窗台上，正踮着脚尖舞蹈，而正转头和妈妈说"再见"的杨老师，嘴角的那抹血红色车厘子汁还在，只是干了。

　　"站住！"王芳的怒吼随着她关上门的瞬间，同时抵达到了许邑的面前，刺破了他的耳朵。

　　许邑停下走向房间的脚步，他知道一场暴风雨即将开始。但说真的，他还挺期待的。

　　"早上我是怎么和你说的？是不是告诉你老师来了，你要主动点，要热情点，但是你呢？"王芳大提琴般的声音因为激动有点撕裂，这种感觉就像是琴弦被硬生生地拉扯了一下，明显走音。"人家老师来家访，访的是你，要对话的也是你，结果你一声不吭，你这算啥？"

许邑冷哼一声，冷冷道："您老人家也知道老师家访的是我啊？那请问您凑什么热闹？"

王芳被怼得瞬间语塞，一口气直接窜到了喉咙口。

"什么叫我凑热闹？难道家访我不应该在吗？难道我努力维持你的面子做错了吗？难道我应该在你新老师面前说你天天不是刷手机就是出去晃吗？你真的是个不知好歹的人！"

好大的罪名！

许邑内心突然涌上一袭悲凉。他非常不理解，明明是大人内心的需求，为什么总喜欢拿孩子来做幌子。难道自己生出来，就是为了不断满足父母，并且成为他们维护自己面子的幌子吗？难道妈妈真的把自己当成傻子了吗？以为自己真的看不懂刚刚家访时，她那些言语背后真正的目的吗？她这哪是在为自己讲话，这分明是在老师面前维护她自己的面子，或者确切地来说，是在维护她觉得这个家庭应该有的体面。这就像她每次上班和聚会时，都会精心打扮，来彰显她的身份一样。

这次家访，妈妈并没有在意他的感受，只是在老师面前树立自己该有的人设而已。

想到这，许邑的内心完全被一种强烈但始终不被看见的悲伤给包裹了。他僵硬着脊背站立着，沉默不语，等待王芳更加猛烈的暴风雨。

"要不是我一直为你说话，我看你怎么和老师沟通？就这三棍子打不出一个闷屁来，你觉得你会给老师留下一个好的印象吗？"王芳不依不饶。

"对了，你不是经常在我面前说，你和之前的班主任沟通很好吗？人家在班级里还经常夸你吗？怎么面对新老师，你就没有这种底气了？还是压根这一切都是你自导自演的，老师从来没有夸赞过你，才会导致你在面对老师时，有这样的表现！要知道，如果你真的经常被老师夸赞，那么你面对任何老师时，你的表现一定也是自然又自信，绝对不会像刚刚那样！"

王芳越说越气，特别是当许邑用沉默来对待自己时，她的音色完全撕裂了。她无法理解，为什么许邑会变成现在这个样子，动不动就用沉默来对抗。这种感觉真的很难受，就像明明是两个人的战场，另一个人却自动退出，硬生生地让战争变成了独角戏。

她把许邑现在的这种状态称为青春期叛逆，甚至是对自己的冷暴力。

听到妈妈的这些话，许邑嘴角一扯，无奈又绝望。他不再像一年前那样会为自己辩驳，如今冤枉自己早已成为妈妈的习惯性行为，而他也慢慢地学会了把这种极度的委屈嚼碎了咽进肚子里，假装什么都没有发生。

"我很纳闷，你整天活在自己的谎言里，不累吗？"王芳的声音又回到了大提琴正常的音色。她的眼神很幽怨，就像被许邑骗了五百年。

许邑挪动着脚步，走向自己的房间。他不用担心妈妈会继续狂风暴雨，甚至对他紧追不舍，在她投给自己那个眼神时，他就知道，在接下来的时间里，她又将对他开启静音模式。

是的，每次妈妈认为自己伤害了她后，她对自己的惩罚就是冷暴力。这一年来许邑已经习惯了，也从一开始的不知所措到慢慢地接受再到如今的麻木，就像被她习惯性用自己的认知来审判他的每一个行为一样。

砰的一声巨响，王芳甩门而去。

许邑身子一个激灵，从梦中惊醒，大汗淋雨。他目光死死地盯着苍白的天花板，回想着刚刚的梦，心有余悸。最近一年，自己总是不停地做着相同的噩梦。那是一片荒原，夜总是很黑，就像无数的乌鸦聚集在一起的黑。他奔跑，不停地奔跑，慌不择路地奔跑。那些看不见的，看得见的生物嘶吼着、叫嚣着，发出狰狞的笑声，朝他扑来。梦境中，他清晰地感受到自己深陷于那种无边无垠的恐惧中，拼了命地奔跑，但身子似乎很重，双腿如灌了铅。

但昨晚，竟然做了一个老师来家访的梦，一个和噩梦没有区别的梦。

许邑如每个早上一样，将惺忪的眼睛看向那扇窗户。那里有一缕浅浅的阳光正缓缓地透过藏蓝色窗帘，缓缓地钻进来。他向窗户伸出了右手，很想去触碰这一缕阳光，或者确切地说——他想抓住这缕阳光，偷偷塞进他的内心。他的内心太潮湿了，很多时候他都能嗅到那种发霉的味道，让他忍不住一次又一次地干呕。

只是这一切都是他的想象，确切地说是他内心深处的期望，根本不可能实现，就像他根本无法阻止无数的梦冲进他的夜晚，奔进他的大脑一样。

可他依然每天会对着房间里唯一的这扇窗户伸出右手，他期待某一天有一缕阳光，踩着小碎步，袅娜地向他走来，跳进他的内心。

这种想法真的很荒谬，不是吗？

但一个习惯了做噩梦的人，是不是连做白日梦的权利都被剥夺了呢？

有时候，他在想，是不是每一个成长中的少年，都会做噩梦？或者说，每一个正青春的少年都被噩梦缠绕。比如，梦见被一只狗追，朝着自己的脖子和脸猛扑过来狂咬。

想到这，许邑把沉重的身子又一次陷进了被窝，闭上了眼睛。

谢青

腾腾生活向星辰 （节选）

马诗辰就报了一项女子 4×100 米接力，预赛排在后面。此时，她和钱海燕带领着班级服务队七八个人跟着选手。她走到龙腾飞跟前右手捶了他左胸一下："我看好你，加油！"

龙腾飞受宠若惊憨憨地笑了，马诗辰此时却蹲下身子："粗心的你呀，鞋带散了也不注意。"

马诗辰亲手为他系好了右脚的黑色运动鞋鞋带，龙腾飞感动不已。周围的同学投来了羡慕的眼神，继而检查各自的鞋带是否系好，比赛前的紧张感一扫而空。

这一幕尽收两位家长的眼底，沈珺瑶感慨道："飞飞遇到了一位好邻居、好同桌呀！"

"其实，小飞更是不错，他体育棒、朗诵好，厨艺更佳，我闺女很少夸人，但在我面前夸过小飞两三回呢！"马云凡也笑言，表情十分赞赏。

家长们跟随选手的步伐来到指定区域，龙腾飞首先参加的是跳远预赛，他仅获第五名，然后转场 4×200 米接力预赛，他们组获第六名……接着他兴致勃勃去观看马诗辰的 4×100 米预赛，为同桌呐喊助威。由于她们的前三棒比较落后，为了跻身前十，最后一棒的马诗辰跑猛了，在冲过终点线时右脚不知怎么回事就扭了一下。当时没啥感觉，可过了10来分钟，右脚踝处火辣辣地疼啊！还好在后面不远处跟着走的龙腾飞眼疾手快，上前一把扶住了她的右手臂。

龙腾飞扶她站定后急切地问："班长，你没事吧，哪里不舒服？"

"我的脚踝好像扭了，好疼好疼……"马诗辰的眼泪快流出来了，脸煞白。

龙腾飞在她面前蹲下身体："上来，我背你先去校医务室看看……"

马诗辰怔了一下，望着龙腾飞宽厚的背还是扑了上去。龙腾飞背起她在熙熙攘攘的人群中脚步不停，途中碰见班主任李老师，大家一起来到医务室，李老师这才想起要通知家长……而龙腾飞的关注点全在马诗辰身上，看着她痛苦的表情、湿润的眼眶、红肿的脚踝，他的心隐隐作痛。

长发披肩的艾医生脱下马诗辰的鞋袜检查了一下摇摇头："下午不能再进行比赛了，扭伤有些严重，必须去医院，至少要休息两周……骨头没裂，我先给你简单处理一下。"

"我至少要休息两周？这怎么能行？我们组好不容易进了决赛，明天我还要参加文艺汇演上台表演呢！"一听这话，马诗辰嘴里嘟囔着眼泪止不住地流下来。

"艾医生，她的情况不至于那么严重吧？"李老师一脸担忧，也心疼不已。

"李老师，脚踝扭伤马虎不得呀！"

龙腾飞走上前蹲下身体递给马诗辰一张纸巾："班长啊，你先别哭，说不定我给按摩几下就没事了。我小时候是个药罐子，后来拜了个中医师傅，会推拿、针灸。"

龙腾飞一边诉说自己的过往，一边上手按摩了几下说："艾医生，你这里有银针吗？我给她扎几下应该就没事了，下午可以继续比赛。"

马诗辰的眼睛亮了，李老师惊诧莫名，艾医生觉得不可思议。

"飞飞学过四五年的中医，诊治些扭伤没问题。"这时两位家长已匆匆赶来，沈珺瑶向在场的诸位解释道，马云凡则扶住女儿。

　　龙腾飞接过艾医生手里的银针消毒后扎在马诗辰右脚踝穴位上，轻轻捻动。收针后，龙腾飞再次为马诗辰按摩，肿痛渐渐消散了。

　　"这个胖子同桌太给力了！"马诗辰在心里不禁赞道。

　　此时，钱海燕来通知龙腾飞，跳高预选赛的时间到了。龙腾飞先去参赛，跳高与跳远的预赛成绩暂列第四名。

　　中饭两位家长自觉当起了服务生。

　　"我好像又回到了年少青春时，在校园食堂吃饭别有滋味呀！"吃到一半，沈珺瑶感慨道。

　　"学校时光对我而言远去了，这顿饭让我回忆起在部队食堂吃饭的日子，真好！"

　　龙腾飞吃了一块土豆道："唉，真是岁月不饶人啊！回忆总是让人难忘……"

　　"龙腾飞，你别跟中年人一样沉浸在回忆里，我们是正青春朝气蓬勃的年纪啊！"

　　"我们正青春，还没到 40 岁呢！"两位家长几乎异口同声道，相视一笑。

　　饭后，龙腾飞又为马诗辰按摩了一次脚踝，比赛前再次为她按摩了一次。在 4×100 米决赛中，原本第四棒的马诗辰跑第一棒，获第三名。跑完之后，龙腾飞又为马诗辰针灸了一次。

　　整个下午，龙腾飞一得空就来看看马诗辰。当然，比赛更没落下，龙腾飞发挥出比平时练习更好的水平，获跳高、跳远个人第一名，4×200米与秦阳、苏勇和叶凡通力合作获团体第一名。另外，李小刀获铅球第二名，孙长江获男子组俯卧撑 3 分钟第二名，钱海燕获女子组 1 分钟仰卧起坐冠军，孙雯雯获踢毽子第三名，周林诚获男子组铁饼第二名，谢斌华获男子标枪组第二名!

马诗辰虽然在观看区坐着,但她也没闲着,他们班谁获得了名次,就写一封祝贺信到校广播站播出。等她一比赛完,大队辅导员就亲自来推轮椅请她到广播站主持。

马诗辰因主持出色,金波校长特意为她颁了一个2013年魔都二中运动会最佳主持人奖。沈珺瑶向她竖起了大拇指。

放学后,马诗辰的脚踝又肿又痛,龙腾飞把她带到自己家中继续针灸,然后按摩、冰敷……整个过程下来,他居然满头大汗。

"这样吧,诗辰今晚留下来跟我睡吧,方便治疗。"沈珺瑶主动提议道。

看着女儿痛苦的表情,马云凡纠结了一会儿答应道:"谢谢你,美女邻居。"

"美女邻居?依我看还不如叫美女姐姐。"

"云凡叔居然比我妈小,不会吧?"在厨房洗手的龙腾飞出来边收拾银针边惊讶道,"我妈是1975年端午节那天出生的,你爸呢?"

"呀,还真是美女姐姐呢!我爸是1976年10月1日晚上出生的!"

这可真是一个没有隐私的时代,沈珺瑶突然爆料:"飞飞是2000年1月1日1点18分出生,己卯年丙子月戊午日属兔,农历十一月二十五。"

尴尬转接谁不会?马云凡立刻道:"诗辰是2000年2月5日0点06分出生,庚辰年戊寅月癸巳日属龙,农历正月初一。"

"龙腾飞,原来你是一只胖胖的兔子呀?"马诗辰一想起这个形象就忍不住哈哈大笑。

"马诗辰,你别得意,我是你哥,这也太有面儿了!"

"我呸,2000年是我们的龙年,你2000年元旦出生却是20世纪的人啊!"

"我姓龙,元旦出生,比你大!"龙腾飞急了,好不容易捞了个大哥的位置。

"我属龙，我农历正月初一，是中国人都讲究农历。你农历十一月二十五且不属龙。"

他俩在客厅里激烈交锋谁年长，两位家长见状就去准备饺子了。

休息一夜，马诗辰脚踝的伤好多了。魔都二中迎接国庆64周年文艺汇演的舞台上，龙腾飞与马诗辰宋代版和民国版的诗词演出取得了巨大成功。金波校长在演出结尾播放了李芬芳老师的诗词鉴赏课，初二（5）班的学生成了全校的焦点——两位才子佳人更是焦点中的焦点，全校的网红。

国庆假期沈珺瑶母子没回北京，她冻伤才好经不起长途跋涉，龙腾飞因为马诗辰需要针灸、按摩也离不开。马家四老来了，听说小宝贝受伤了纷纷上门。

马云凡虽然和钱婉婉离婚了，但钱敏华和林欣芬一直认为女儿的决定是错误的，这个女婿是优秀的，故而他们即便离婚了，二老还是与女婿来往。起初，相处起来有些尴尬，后来钱老干脆认马云凡为干儿子，并将名下的大三居赠予了外孙女。

隔天，龙腾飞以让马诗辰补习功课为由，把马诗辰推到自己家。马诗辰安排好龙腾飞要做的卷子后，转动轮椅来到沈珺瑶的房间，她们谈文学、聊诗词，欢乐的时光飞逝。龙腾飞在房间烦恼异常，没几道题会做。国庆后马上要考试，如果因为自己挂科而恢复了大家的家庭作业，那就成了班级的罪人，他可不想背这个锅。他冲进房间，抱起马诗辰就走，身后的母亲震惊不已：这孩子什么时候这么果敢了呢？

马诗辰更是一时没反应过来，自己的第一次异性拥抱就给他了。那么毫无征兆，又那么不容分说，现在虽说不太讲究男女大防了，但也不能说也不说一声就动手抱啊！龙腾飞真可恶，不仅背了、按摩了，现在又抱了，这以后让我这个姑娘家如何面对他呀！

"今天我累了，不讲数学了。你把五年级到七年级的英语单词、词组和短语全部复习一遍——要求会读、会互译。一会儿我把我的朗读录音发你，你跟着录音读，两遍英文、一遍中文，不许偷懒，否则我不理你啦！"

"啊……那好吧！"龙腾飞嘴上答应着心里却嘀咕，"她怎么说翻脸就翻脸呢？"

到门口，马诗辰第一次没让龙腾飞进门坐坐，她的反常表现让龙腾飞百思不得其解："我到底哪里做错了呢？"

荒废的3年正好是五六七年级，马诗辰恰巧打在他的七寸上。能怎么办呢？先接收文件吧。马诗辰的声音温柔里藏着一点儿灵动，发音很是英式范儿……龙腾飞一听就来了精神，这声音似乎有些魔力，英语朗读好像也没有那么难了。晚饭时，沈珺瑶间断性地喊了他几次才出来。

"学校想推荐你去市级体育队，你考虑得如何了？"

龙腾飞跑步、跳远与跳高的成绩非常突出，学样有意让他去市级体育队。在运动会间隙，学校领导与母子二人谈了许久。沈珺瑶表示尊重儿子的选择，龙腾飞则表示要考虑一番，因为自己才来魔都二中不久，还不想离开。

"妈，我这体重、块头，想站在世界冠军的领奖台上，你说有可能吗？平时玩两把还是可以的，但是想拿世界第一，我潜力没有，后劲不足啊！"

沈珺瑶哭笑不得："你不是一直说自己是属龙的，是一条腾飞之龙嘛！"

"那是我爸说的，故给我起名龙腾飞——这还是你告诉我的。"

"在我看来，这是一次机会，你应该认真对待，谁说胖子不能跑步、跳高、跳远了呢？"

"妈，我现在只想好好学习，争取考上大学，然后去当兵，毕竟军营是最锻炼男人的地方。"

"这与你参加体育训练并不冲突啊，再则你跟任师父学了三四年的武术，你这个胖子不是也身轻如燕吗？"沈珺瑶深以为然。

龙腾飞立马紧张起来道："这是个秘密，不能往外说。我先把体重减下来再说吧。"

"体育和减重可以一起进行。其实，你可以朝男子十项全能方向发展……"

"我的亲妈呀，我现在只想把班长布置的英语单词、词组和短语读流利！"说完，他麻溜回到房间继续鏖战。

虽然马诗辰的英语标准，虽然龙腾飞也竭力想学好，但冰冻三尺，非一日之寒，听着读着，不知不觉就睡着了，这一睡就是两个半小时，要不是沈珺瑶敲门喊醒他，不知他要睡到几时……

次日，龙腾飞不敢去见马诗辰，因为自己还不完全会读英语单词、词组和短语。马诗辰一直在家等龙腾飞，可午饭后也不见其人影。

"肯定是不会读，不敢来见我。"马诗辰撑着单拐乘电梯来到龙腾飞家门口使劲敲门，"龙腾飞，你读英语没读傻吧，咋不来接我……我快撑不住了。"

云间笔会
2024

散　文

章绍岩

潺潺小溪，淌来一叶红枫

已是黄昏，西垂的太阳还是一片热辣辣的金光四射，连风中都有阳光金属般爽朗的铮铮之声。转眼，天色渐暗，焦虑开始蔓延，我找不到下山之路。

忽闻潺潺流水，大喜。常识告诉我，顺水而下可突破迷径，走出山间。小溪水浅，淙淙之流宛如导游小姐姐，伴我往山下走去。我步履轻松了起来，又有了观赏风景的野趣。小溪清澈，卵石阻挡着流水，溅起几朵小小的浪花。忽见一叶红枫，在水中一直打转，迟迟不忍离去似的。弯腰，捡起湿漉漉的红枫，竟是一封书信："校长，您好，您不记得我了，我就是那个采蘑菇的小姑娘……"一梦惊醒，记忆洞开——

那年月，也就是 1992 年之前，初中毕业生考上中专的难度，不比现在的高中生考上 985 大学的难度低。当年每个区县前 50 名之内的学霸，才有资格上中专，比重点高中的分数线还要高一点。一收到录取通知书就立马迁户口，毕业的时候包分配、进编制。师范学校录取还要过一道面试关，放在文化课考试之前。

面试人山人海，学生壮胆应试，家长忐忑陪同。才艺展示，最后都要过主考官这一关。

记得一位胖嘟嘟的小女孩，进屋深深一鞠躬，爽爽地甩掉脚上的鞋，光着脚丫子，在伴奏老师的手风琴声中，边唱边舞："采蘑菇的小姑娘，背着一个大竹筐，清早光着小脚丫，走遍树林和山岗……"当唱到"她采的蘑菇最多，多得像那星星数不清"时，莞然一笑，少女的骄傲和羞涩尽现，赢来评委们赞许的目光。

谈话中知悉，她曾因病休学一年，但她没闲着，在村校中帮忙任教一年，海边的小山村缺老师。她说她喜欢海，喜欢山村，喜欢小朋友，只想当老师。谈话间，眼睛中闪烁着神往的光。

开学日，她没来，来了一厢式汽车，村长、小学校长……还有一位中年汉子。严肃而忧伤，中年汉子向学校要了一套新生校服。她走了，因病。

开学后的某个周日近正午，敲门声响起，还是那位中年汉子，黑黝黝的渔家汉子。他站在门外，手里提着一尾大鱼。我那人乐二村居家地的所谓客厅，窄巴的兼用餐厅一下子被填满了。我奇怪他能像寻觅鱼汛一样摸到我家。老妻杀鱼，留饭；我以神仙大曲款待，陪聊。听其倾诉，说到伤心处，汉子泪水涟涟。女儿从小乖巧懂事，邻里亲热。她一门心思想考师范，想当老师。录取了，她真的梦中笑出了声。没想到……老妻一旁陪着掉泪，不停地递着纸巾。汉子耿直地说出来访目的，说家中还有一闺女，明年毕业，要我一定收下。

记得，他家在奉贤邵厂乡，一个近海的渔业乡，一个我在地图上没搜索到的偏远乡村。常言道"日有所思，夜有所梦"，我与她缘分薄浅，未及思念，哪有梦缘？可偏偏她能在梦境中找到我，像她父亲善于寻觅鱼汛一样。

肯定，她还在思念着学校，念着我。

邻家阿婆

邻家阿婆，肉嘟嘟，圆脸，慈眉善目，惹人亲近。我从众，也喊她"阿婆"。其实，她属龙，比我还小一岁，头发也没我白。

我老伴说我是韭菜塌饼，一塌（搭）就熟。其实，我认人能力极差，见过几面的人，过后还是认不清。因此差点有友要与我绝交，说我是没翻脸就不认人。为此，我每逢有点印象的人，就先递笑脸。老伴问我，这是哪位，我拼命用眼色止住她问：不知。也闹过笑话，对方一脸茫然，问我"您是谁"。邻家阿婆与我同类，逢人必打招呼，老少皆亲，只是也健忘，今天喊我李老师，明天喊我陈老师，随性得很，我从不纠正。

左邻右舍都跟她很熟，连各家的宠物狗狗也一见她就摇尾巴，过来伸舌头又舔又闻和她亲热一番，因为每只狗狗她都牵着绳子遛过，主人没空，她都代劳过。后来闯祸了，牵着的三条狗打架，惊动了居委会。居委会下了禁令，阿婆每次只能代遛狗一条。儿女埋怨，阿婆从此不再代人遛狗，改为代诸邻临时收领早放学的孩子，兼收快递。于是阿婆在孩子们口中又多了个称呼：亲亲阿婆。

有老学生送来一箱石榴，拜节。拆封，石榴之巨大，让我拍案称奇。找出妻让女儿从网上购来的小磅秤一称，只只都在一斤半以上。我拣出最大的两只送阿婆供其孙子把玩。阿婆高兴收下，对石榴多籽很感喜庆。"谢谢咯，王老师"，我又改一姓。

长假，阿婆随女儿回浙江台州老家去探亲。回来即刻到我家敲门，送来了茭白、芋头，还有橘子。我慌不迭请她就座，上茶。阿婆一脸喜气，说她回乡时带了几盒上海月饼，回来时几大包七七八八，说乡里亲戚还要送土鸡蛋，怕挤压破，她坚决没收。"捉了一条曲蟮，钓了一条鳗"，阿婆自嘲似的爽朗地笑着。她告诉我，从乡里到县城，路遇的一个小伙子开车，让他们搭乘，说是她儿子的小学同学，在阿婆家吃过馄饨的。阿婆骄傲地总结："呒有春风，呒有夏雨。"

阿婆告诉我她有一个发现，她说台州话与山西雁北的话"交关像"，边说边举例。同是浙江人，可她的话我一句也没听懂，只能点头称是。她断言台州人是当年中原山西一带的子孙。我惊叹她的自信力，真希望有语言专家或历史学家日后能为她佐证。

"咦，你家小孙子呢，没从上海来乡下看你们？"阿婆又有了发现。老人总习惯把市区叫上海，此外所有的地方都是乡下。我告诉阿婆，我小孙子病了，发烧，咳嗽。"噢，肯定是半导体出毛病了，修一修，修一修。"我一愣，瞬间明白了，是台州普通话："扁桃体发炎，要多休息。"

我领悟，一个人管得闲事愈多，幸福指数可能愈高。

方崇智

我的诗人梦

年轻时，我曾经有过当诗人的美梦。

1957 年，我有幸考入上海师范学院中文系。记得 1958 年的春天，我和同班好友章君，在校阅览室里看到《萌芽》杂志出了一期诗歌专辑，我们认真地数了数，共刊登了 48 位诗人的作品。当时，我俩豪情满怀地期许：那将来 49 和 50，非我俩莫属！

那时，我的梦做得很痴狂：首先，校阅览室的数十本文学期刊，每期上的所有诗歌，我都一首不拉地认真阅读。同时，每天晚上我都要创作一首诗歌，并悄悄地抄写在自己的笔记本上。

我曾写过《春夜》："横吹笛子竖吹箫，柔似毛羽刚似刀。热血化作豪情吐，春风伴我度春宵！"

两三年的时间，在诗歌创作上，我多少也取得了一点成绩。1958 和 1959 年，我曾在当时的《文艺月报》（即后来的《上海文学》）上，发表过两首作品，一首是《劳动以后》，署名黄漩：

在泉边洗净手脚，
和月光一同回家；

睡在铺满泥香的床上，

静听青蛙的合奏：

咯咯，咯咯……

一天的辛劳化成了酣梦，

在秋天金色的海洋里

——浮游！

另一首是《天堂》，署名磊明，这是我高中时取的笔名，意为磊落光明之人。1959 年 2 月，我曾在沈阳的《文学青年》杂志上，刊登过一首较长的叙事诗《红英》，该诗后来收入春风文艺出版社出版的叙事诗集《长征路上》。让我难忘的是，这首《红英》共拿到稿费 72 元。要知道，当时的大学本科毕业生，月工资只有 50 多元；工厂的学徒工，每月只有十几元。我用这笔稿费，配了一副眼镜，买了一双球鞋。剩下的钱，大部分给了爸妈补贴家用，那时家里很穷，还有两个弟弟。

跟诗人梦有关的，还有一件终生难忘的事。1959 年 12 月 31 日，我被邀请参加上海市作家协会举办的"喜迎六十年代第一春"的赛诗会。那天，在巨鹿路 675 号上海市作家协会的大门口，迎面碰上我们中文系的系主任魏金枝先生。他是五四时期的著名作家，也是上海市作家协会当时的领导人之一。我对魏先生说："老师，我是您的学生！"他和我热情握手后说："欢迎，欢迎！希望晚上多写一点好诗！"

那天的赛诗会，地点设在作家协会的大厅里，整个会场用桌椅围成一个矩形。坐在我一旁的是上海黑色冶金设计院的洪双田先生，另一旁是一位 30 岁左右穿着藏青色西装、光彩照人的女士。后来，她站起来朗诵，主持人介绍时，我才知道她就是著名的电影演员黄宗英，怪不得我感到面熟！

我的诗人梦，后来随着时间的流逝，逐渐破灭了！主要原因是自己天赋不够，不是当诗人的料。1960 年，著名儿童文学作家陈伯吹先生，受系主任魏金枝先生的邀请，来我校担任客座教授，专教选修课儿童文学，我成了他的入室弟子。陈老说，儿童文学虽然面对的是孩子，但是培养的是巨人；虽然立足于当下，但是创造的是未来！我自此走上了儿童文学的创作道路，并且主攻寓言童话。几十年来，我矢志不渝，终于做出了一点儿成绩，出版了多部寓言和童话专集，其中的若干篇还被选入小学语文课本。

近日，已经85岁的我，夜间又做了一个梦，梦见自己化成了一块石头，醒来写就《玉石》："独守大荒亿万年，一朝流落到人间。不是大师雕琢巧，哪得知音万万千？"

沈敖大

从宋征舆"志喜"说起

明末，镇守山海关的明将吴三桂引狼入室的事儿，大家都耳熟能详了。当时，中国社会正经历一场翻天覆地的变化，很少见到对吴三桂之举褒贬的言论，顾不及此么。但也有闻吴三桂引狼入室消息第一时间"志喜"的人，此人便是号称云间三子之一的宋征舆。

据辽宁教育出版社 2000 年出版的《新世纪万有文库》之《云间三子新诗合稿〈幽兰草〉〈倡和诗余〉》中的云间三子传，宋征舆字辕文，华亭人，顺治四年（1647）进士，历官福建布政使左参议、尚宝卿、左副都御史，是清朝的部级大员。

据《云间三子新诗合稿〈幽兰草〉〈倡和诗余〉》序说，陈子龙是被俘不屈死的，时年 40 岁，时间是顺治四年（1647）；李雯死于同年，时年 38 岁，被逼仕清后羞死的；陈子龙、李雯去世的同年，宋征舆进士及第。三子不同命，更有意思的是《云间三子新诗合稿〈幽兰草〉〈倡和诗余〉》内封署名：[明] 陈子龙，[清] 李雯，宋征舆，把云间三子的壁垒居然分得很清。

且看宋征舆的诗，诗题《闻吴大将军率关宁兵以东西二虏大战李贼志喜二律》，今举其一："将军追忆弃关迟，擐甲号天起义期。缟素一军皆死战，鲸鲵百万已成尸。英灵长啸燕山月，壮士悲歌易水时。总道中原愁左衽，却今江表定京师。"诗题中"关宁兵"是西起山海关，东至辽宁宁远（今兴城）一带防线上的军队，是仿游牧民族组建的骑兵，号关宁铁骑。它由袁崇焕创建，吴三桂乃末代统帅。"东西二虏"即山海关以东的后金族和山海关以西伪装成蒙古兵的后金兵。吴三桂所谓"借兵"，就是请后金多尔衮率"东西"二部进入山海关，合兵攻击李自成部。

史载，吴三桂回军山海关，李自成率军（号称百万）攻之，与关宁铁骑在一片石处激战。战酣，清兵突入，致李自成军一溃千里。"鲸鲵百万已成尸"，指意在此。

以我收集到的有限材料，赞赏吴三桂引狼入室的，宋征舆是第一人，以我之能力，还未找到第二个。

读宋征舆的诗可见，他是把阶级矛盾置于民族矛盾之上的。只要灭了"闯贼"，就该"志喜"，至于清人坐了龙椅，只是个"愁"字，而且未必是宋征舆愁，这从"总道"两字可以看出，何况朱家有人在江南"定京师"了呢。

此种观点，不由得让我想起清末的刚毅，他的名言是"宁赠友邦，不予家奴"。

同样是大清的臣民，7年后，太仓的吴伟业也撰了一诗，歌行体的《圆圆曲》。此诗的名气比宋的"志喜"诗大多了，流传甚广。从《圆圆曲》的表述来看，作者对吴三桂先降李自成，后又引清兵入关的做法不是"志喜"，而是讽刺，"恸哭六军皆缟素，冲天一怒为红颜""妻子岂应关大计，英雄无奈是多情"，拆穿了吴三桂致多尔衮信中所说为君父报仇的谎言。

有意思的是，200多年后，光绪年间的生员王竹修（字养拙，号虚庵），也以吴三桂向清借兵事撰诗一首，题为《吴三桂借兵》："此行勉效秦庭哭，岌岌孤城待援兵。策马出关终辱命，引狼入室太伤情。原期闯贼罹天网，岂料清军夺帝京。国破君亡谁可诉，恨无一剑送残生。"

王竹修的诗不见"志喜"意，也不全是浓浓的讽刺，只是说吴三桂借兵勉强可以说像申包胥向秦借兵的忠，实际上呢，既"辱命"（违背了借兵的原意）又伤情（造成了引狼入室的局面），"闯贼"纵然"罹天网"，但"清军夺帝京"入主中华。总之，吴三桂最好的归宿是一死了残生，这就有点怒意了。

3首诗相比，不论立场，从水平观，我以为宋诗较差，差在其诗四平八稳，既不见作者情绪的明显起伏，也无诗意的大波动，就像一部电影的片名《不动声色》一样。文似观山不喜平，诗也应这样。

原因我看很简单，就是他对战争的残酷并无切身的经历，没有切肤之痛。同样是"志喜"，杜甫的《闻官军收河南河北》就灵动得多。为什么呢？因为杜甫和百姓一样，亲历了血和泪的剧痛。他到过战乱中的长安，看到过春天长安的深深草木，陷入过见花溅泪、闻鸟惊心的心路历程，甚至惨到"麻鞋见天子，衣袖露两肘"的地步。所以他的《闻官军收河南河北》就灵动得多，感情的起伏也大，初闻是"涕泪满衣裳"，随即"喜欲狂"，体现在肢体语言上是"漫卷诗书""放歌纵酒"，然后想象回家时的背景"青春做伴"和回乡的速度"即从巴峡穿巫峡，便下襄阳向洛阳"（时杜甫家在洛阳），"从""穿""下""向"，风驰电掣，"秒回"洛阳。

顺便一说，云间三子虽负盛名，且诗的数量不少，仅《云间三子新诗合稿〈幽兰草〉〈倡和诗余〉》就收录有9卷800首，但传世之作鲜见，原因也许与他们的创作取向有关。依我浅见，他们崇尚的也许是汉晋而非唐宋的传统，不够通俗上口。

汤炳生

看 戏

　　母亲走了3年，我还没到上学的年龄，姐姐就出嫁上海了。父亲做点小本生意，隔三岔五地要在上海过夜处理生意场上的事，但把我单独扔在家里又没人照看，于是他去上海时便把我也一起带上。在处理完手头的业务后，父亲就带我去看戏。父亲是个京剧迷，连当年戏台上那些红得发紫名角的学艺经历和逸闻趣事他都如数家珍，有的角儿甚至还成了父亲的朋友。给那些明星大咖捧场戏票自然很贵，他一般在戏院里尝新一两次后，往往会到游乐场里看那些名角的戏，因为在那里看戏要便宜得多，而且买一张票从中午到深夜任你转换场子看京剧、越剧、锡剧、沪剧、甬剧、杂技、歌舞等。因此我父子常去的地方大多是当年人山人海的游乐场所，如大新公司、先施公司和大世界。那时我人小免票，父亲也没多花费。记得我头一回看戏是在先施公司的一个京剧场子里，那开场锣鼓敲得人精神振奋，有一种让人在等待中的强烈渴望。大幕拉开后，在聚光灯下，只见戏台上的人尽是些红黄蓝白黑的脸面，有的整个脸上五彩相杂。那一阵紧似一阵的锣鼓，那厮杀中的刀光剑影，那在刀光剑影中倒下的人们……像我这不买票不占座的小孩只能在父亲的两腿之间跪着，睁大眼睛，屏住呼吸，看着舞台上所发生的一切。邻座的人对我父亲说，这打炮武戏还不错。接下来演的是文戏，那音乐、那唱腔，让我打了个哈欠入眠了。

后来去看戏，父亲会指点着台上对我说，这是个好人，那是个坏人。左面那个戴孝的是母亲，旁边两个是她的儿女；右面这个穿红袍的是两个小孩的父亲，是坏人；中间那个黑面孔是当官的，是好人，他要杀那个坏爸爸，帮两个孩子和苦命的妈妈（多年后我才知道这部戏叫《秦香莲》）。跪在地上的人叫岳飞，站在他身后用针在背上刺字的是他的母亲，她给儿子刺上了"精忠报国"的字样……当年父亲说得都很浅白，但我还是似懂非懂，不过从此我也慢慢地喜欢上了文戏。

有天早上，父亲对正在上私塾的我说，我给你烧好饭菜去上海，晚上一定会回来，你先睡。我想父亲一定是为生意场上的事，但是我猜错了。依稀记得那年盛夏，父亲在家门口的小街边乘凉，邻居们都围坐在他周围。他摇着蒲扇，说话时那个兴奋劲让我难忘："嘿，这次我是特意去上海看梅兰芳他们的《龙凤呈祥》的，这么多名角组成的班底，如果不去看，下次绝对没有机会看了。"邻居们问演这台戏的都有哪些大家，父亲得意地扳着指头："梅兰芳演孙尚香，周信芳先演乔玄后饰鲁肃，盖叫天演赵云，张少甫演刘备，赵如泉演张飞，姜妙香演周瑜，何润初演吴国太，就连那些跑龙套的也都是名角，其中好几个名家年纪大了已离开戏台十几年了，这次重回舞台。我也想着他们呢，能不去看看吗？"父亲说那几天手头正巧没有余钱，他请生意上的朋友预支一点孔方兄去一饱眼福。幸亏出手及时，但也已经买不到最好的位子了。父亲最后叹了口气："唉，要不是戏票贵，炳炳长高了要买票了，还真想带他去见识见识那场大戏。"邻居们说这个空前绝后的演出规模，也让角儿们赚大了。父亲说，他们 3 天日夜演了 6 场戏，收入了 1.8 亿多元（旧币），他们是为抗美援朝捐献飞机大炮义演的，所有收入用于购买"京剧号"飞机……

我在看戏中步入青少年行列后，也慢慢地知道了前朝历代各阶层中的各式人等，诸如帝王将相、才子佳人及底层的穷苦百姓，都由戏台上的生旦净末丑分别扮演，他们演绎的故事无一不是反映忠孝节义和忠奸是非。

后来我也看昆剧、越剧、锡剧，无一例外演绎着家国情怀或家庭的伦理道德，尤其是那些催人梦醒又脍炙人口的近现代戏……忽然想起鲁迅先生小时候在家乡看的社戏，也想起在各地景点中看到的那些古戏台，那些名门望族、富家大院的建筑群中以雕刻戏曲人物装点在显眼处教育后人。我坐在台下看着台上演着前朝人的戏，那戏中的酸甜苦辣、战火狼烟和生生死死，我想我们的后人也会看我们的戏。都说人生如戏，戏如人生，我倒认定人生是戏，戏是人生。看戏看的是传承，传承的是历史，是文化，是根脉。

朱正安

拐杖乱弹

　　20 世纪 80 年代末，我从宁夏出差到四川，打算顺便拐到上海看望年届古稀的母亲，在一个旅游景点卖拐杖的摊前忽然灵光一现，便买了根拐杖带回了家。实际上母亲从来没用过它，只是挂在床头，来人便取下它，把我夸奖一番。我虚岁 70 那年，女儿说要给我做寿，我谢绝了。女儿说，那我至少得送你一件礼物做个纪念吧。我点头，随口说，买根"撑行棒"（浦南话的拐杖，念 Cananbang）之类的小物事就可以了，然而我最后收到的是一只浪琴手表。我想，女儿送我手表，是不愿意看到我老态龙钟的样子，她是希望我像手表一样一刻不停地走下去，走下去。

　　我现在反过头来想想，人一老怎么就会想到拐杖呢？怎么就要把自己与拐杖对上号呢？带着这个疑问，寻根究底，这才恍然大悟。

　　其实，一根小小的拐杖，在中国至少有 2000 多年的历史了！有史为证——"夸父弃杖为林"（《山海经》），"孔日蚤作，负手曳杖，逍遥于门"（《礼记》）。

　　大家最熟悉的要数老寿星拄的鸠头拐杖了吧，其实古代寿星原本也不是都拄拐杖的。东汉时，"仲秋之月，县道皆案户比民，年始七十者，授之以王杖，哺之以糜粥。八十、九十，礼有加赐。王杖者九尺，端以鸠为饰。鸠者，不噎之鸟也，欲老人不噎"（《后汉书·礼仪志》）。自此，老寿星无论是体健的，还是行走不便的，"与时俱进"，就都挂起拐杖"倚老卖老"了，尊老爱老也就约定俗成，成了中华民族的优秀传统。

"拐杖"二字，从字面上来看，"拐"者，走路不稳之义也；"杖"者，凭倚之义也。故拐杖，是帮助行动不便的人支撑身体防跌倒的器物。杜甫《茅屋为秋风所破歌》中的"归来倚杖自叹息"、陆游《曳杖》中的"曳杖寄彷徉，徐行转曲廊"，都是写老年人倚仗拐杖支撑躯体，所以拐杖还有个极其形象的名字——扶老。陶渊明《归去来兮辞》中就说："策扶老以流憩，时翘首而遐观。"随着社会的发展，拐杖的内涵也在发生微妙的变化。譬如做拐杖的材质有很多，如藤、榉木、楠木、黄杨木、金属等；拐杖的样式也很多，如弯把、鸟头、腋拐、双拐、龙头、凤头等。《红楼梦》中写到元春省亲时，送给贾母的是一根沉香木的龙头拐杖，可见拐杖这玩意儿拐来拐去，就不只是帮助行动不便的人行走的工具了，它还成了装饰品、奢侈品，还成了身份、地位、权势的象征。

这在戏剧中表现得最为突出，如京剧《打龙袍》里的吕国太、《百岁挂帅》里的佘太君，龙头拐杖一拄，要多威风有多威风！像《红楼梦》里刘姥姥那样的穷老娘们，那就只有拄根树拐杖或者竹拐杖的资格了。还有比他们低贱的，譬如乞丐，都是拖根粗制滥造的木棍或竹竿。当然，给他们龙头拐杖也没用，那么贵重的玩意儿，怎么用来打狗呢？

拐杖不但中国有，而且外国也有，在莎士比亚、巴尔扎克等人的作品里，挂着拐杖的绅士比比皆是。不过，绅士们手中的拐杖早已失去了拐杖的使用价值，就如富人腕上的名表和贵妇手里的名包一样，基本上已是一种用以炫耀的装饰品和奢侈品了。20世纪初，一些去国外镀了点金的人，像鲁迅笔下的那个假洋鬼子一样，剪了辫子，手里舞着根拐杖，装出一副绅士模样，到处招摇撞骗。他们还把手中的拐杖叫作司的克或文明棍，真不知道这些数典忘祖之辈还有没有廉耻？不过，好在这玩意儿没多长时间就不见了，像被一阵风吹走了似的。

随着人们生活水平的不断提高和观念的转变，除了一些撑着三爪拐、四爪拐或坐轮椅的心脑血管病患者外，如今在大街上拄拐杖的人是越来越少了。不过，我以为，尽管如今的老年人身体越来越硬朗，拐杖都快被遗忘了，但是尊老敬老的传统还是不能丢的。

钱明光

我心中的最美巷弄

　　有人对我说，松江的老巷弄承载着松江悠久的历史，一个巷弄一个故事，你认为哪一条老巷弄最美，最能代表松江呢？我把壶品茗，梳理着思绪，发呆了许久。

　　世界上有一种邂逅，只因在小弄堂里的一个侧身避让，就让人有了魂牵梦绕的思念。那人、那巷，久久难忘。据说，戴望舒第一次到松江朋友施蛰存家，在小巷中偶遇撑着雨伞的施的妹妹施绛年就产生了浓浓的爱意，写下了《雨巷》并苦苦追求了8年。松江条条小巷那种江南小镇特有的韵味，都像雨巷一样美。可哪一条是当年的雨巷，是不是还存在，无从查考。

　　江南女子都温婉，小巷亦如此。松江巷弄名称都含蓄、软糯，如戴家浜、朱家廊、杜家滩、莫家弄、景家堰，都与历史上居住的大户人家有关，但绝不直呼其名。这种小弄都是青砖或石板路面，下雨从不会积水，也从不会有水潭。在这些小弄小巷中，经常会遇见穿着蓝印花布对襟袄、撑着酱红色雨伞的女子，摇曳生姿，就是江南的一幅水墨风景画。这些巷弄都很美，但承载不起代表松江的美誉。

　　有一种颜色叫烟雨色，不红不绿不黄，轻轻地把天地树屋抹成一色，却最能勾魂，如勾月弄、九曲弄、石皮街、缸甏行、箬帽弄、米行弄莫不是如此，一条弄巷有一条弄巷的特色。仓城西边的好多巷弄，都与漕运有关。这里是漕运大米的始发地，周边有密密麻麻的碾米工坊，有闹市才有的茶馆酒楼和钱庄客栈。可以想象，人们在祭江亭两岸观看船队祭江发运的盛况，家属在娘娘庙烧香祈求漕运风调雨顺、避过强盗飞贼的景象，小巷记录着一个个兴旺发达及悲欢离合的故事。可漕运仅仅是发达松江的一个方面，哪条巷弄能代表松江，似乎也不全面。

走访松江的巷弄就是在翻阅松江的历史，松江小巷的名称往往与历史名人有关。三公街因董其昌祠、沈荃祠和李待问庙而得名。百岁坊是弟子为 97 岁曾为尚书的老师陆树声而建的牌坊。莫家弄因明代著名画家莫是龙父子的宅院而得名。花园浜是因状元戴有祺曾居住于此。小北庵弄是因有一庵一寺，元代赵孟頫曾居住于此，清代张大千曾在此寺削发为僧 100 天。竹竿汇因王顼龄、王鸿绪、王九龄三尚书兄弟的住宅而得名。有条大小官员都肃然起敬的弄堂叫察院弄，是专门供监察御史住宿办公的地方。让其中的某一条巷弄代表松江，似乎也有些欠缺。

在这种极富生机的小弄小巷中，孕育了一代近现代的文化名人，一直到 20 世纪二三十年代，施蛰存、赵家璧、罗洪、程十发等都还生活在这些小巷小弄中，享受过"酱落苏、淘茶饭"的闲适时光。那熟悉的欸乃声，那乡音不变的叫卖声，弄堂深处传出的读书声，令他们离开松江几十年都依然萦绕在耳边，可这些小弄小巷的代表性也不强。

松江曾是明代全国棉纺织业的中心，鼎盛时期，城里到处都可听到织机声，上海港每天有数万匹松江土布运往全国各地。在那个老百姓冬天都穿不起袜子的年代，袜子弄所产暑袜热销各地。袜子弄曾是前店后工厂的热闹场所，成为中国资本主义最早萌芽的地区而声名远播。那时松江，客栈住的是购买棉布或袜子、推销棉纱的商人，来往船上装的是棉布，万商云集，热闹非凡。松江一跃成为全国上缴赋税最多的府。

最能代表松江鼎盛历史的是明代纺织业。

最能代表松江最美巷弄的，非袜子弄莫属。

草书新期待

那一天水弟兄递给我两本 8 开本的厚厚样稿，是他几十年默默研究草书和草书笔顺的成果。我极为惊讶，他与我相处多年，我竟不知道他在这一般人不敢涉足的领域研究了那么久、那么深，而且颇有成果。惊讶之余，我只是连连感叹，我身边也藏着个"崔杜"。

后来，样稿送到北京，在病床上的全国书协主席沈鹏看了很开心，说这方面研究的人极少，以前于右任研究过，最后也不了了之。沈鹏欣然为此书题写了书名，90 多岁的高式熊用小楷书写了中国美协艺委会负责人徐增时为他写的序，可见此书在书法界的地位。

此前我对草书一窍不通。我曾学过魏碑体，因为它内圆外方、刚劲有力。我崇尚的书体是馆阁体，一直以来都认为书法应像馆阁体那样笔力遒劲端庄。后来我参与筹备平复帖学术讨论会，看了所有的论文，开始对中国的草书有了兴趣。

世界上最早的 4 种文字只有汉字流传了下来，我认为有两大原因：一是中国文字会意、象形的特点，让文字便于运用和流传。二是中国独有的文字载体，从篆体的甲骨到钟鼎体的青铜器，再到隶书、楷书的竹简，一直到纸的发明，都是中国所特有的；没有这些文字的载体，是无法实现中国文字几千年的传承的。

汉初出现了草书，西晋时期的陆机已经在细麻纸上用草书写字了。生产力在提高，社会在发展，人际交往的频率在增加，除了官文、档案需要严谨的文体以外，行书、草书的运用已是刻不容缓。所以后人对皇宫通用馆阁体的批评，也是有其必然性的。

草书的特点不是一笔一画横竖撇捺，而是把笔画勾连了起来，即连笔，将中国书法的写意性发挥到了极致。连笔的特点是省略了某些笔画或部首，不仅有笔画之间的连笔，而且还有几个字之间的连缀。它的动态美最能表达和抒发作者的情感，什么样的情绪书写出什么样的作品。所谓字如其人，应该就是指书写草书时的心态。

草书也是有规律的，尽管可以随情绪、意境自由发挥，但这发挥也应在草书的规范之中。费水弟的笔顺研究就是在分析同一笔画在不同文字间的不同形态，将这些文字分化成了大小、繁简、具略、虚实不同的600多个笔画，让草书有章可循。

"草书脱了脚，神仙猜勿着"，这是大众对那些自由发挥过度写法的批评。我有时把路遇的题刻、匾额拍下来请教书法家，许多作品他们看了也脑袋发蒙，不能判断这是什么字。究其原因，就是中国文字的结构和草书笔顺的特点没掌握好。楷隶没学好，直接练草书也是不行的。

我曾经与费水弟探讨过学术问题定论后的应用问题，他说将来科技发展了，可以把各种笔顺植入电脑。或许有一天，草书可以由电脑打出来，我十分赞同。40多年前，电脑能打字时，许多外国人就说过，电脑是无法打出中文的，后来王选发明了中文输入法，现在电脑用中文打字已经是很普遍的事了。我祝愿他的研究以后能派上用场。

俞福星

社会史的文学切片

——从《跑码头》中看人世

原本以为汤炳生兄这位无话不谈的文友，他的为人为文我再熟悉不过了，所以上海文艺出版社出版了长篇小说《跑码头》以后，我也没立马去读，实在太厚也是个原因。不料，近来圈内关注他作品的热度越来越高（出版社迅疾加印），一些评论文章也撩动了我的心，我这才拿来仔细研读。很快，我便被小说浓郁的乡土气息、幽默的人物语言所吸引，不仅被其大量的松江方言逗得哑然失笑，且被其灵动、机智的叙事手法折服，一些故事击中心灵，甚至不自觉地泪眼婆娑起来。一句话，《跑码头》有看头。

切片是指切成片状的物品，在医学上是病理检验或组织细胞观察的重要手段，可用于检测生物细胞的细微构造。常说"文学是人学"，优秀的文学作品无不折射人世百态，而每部作品又各有不同，反映的是社会生活的某一部分或某一侧面，所以须阅读研判才能领略或赏析。我觉得《跑码头》就如一个从现实社会揭下来的切片，能窥一斑而知全豹。细读下来，可复见当年的世间人事。

乡，是行政建制之一。如今大家都知道乡与镇在行政上是同一级别，但曾经大相径庭，乡要大大小于镇。我在协助本地某镇编写村志时了解到如今的这个镇在新中国成立初就经历从一镇分设 8 个乡，再到 5 个乡、3

个乡，最后才成为一个乡的逐步演变过程。《跑码头》从解放初期的农村落笔，描写的农民书艺人常常一天靠步行走两个乡演出，就是那种小乡，一个乡仅五六个村。小说主角、农民书艺人周江虎的一个小徒弟还当上了乡长。

钱，就是流通货币。新中国成立初期，有过一次巨大的变化过程。《跑码头》中周江虎的徒弟当了乡长，想辞职不干，因为收入太少，仅18万元。读者此刻肯定要蒙了——搞错了吧，18万元还少？是的。说书艺人的收入比这要多得多，近百万也不稀奇。咋啦？简单地解释一下：那时的1万元就等同后来的1元。翻阅1953年3月国内所有报纸都可见到1951年1月发行的旧人民币1万元兑换新人民币1元的消息。我儿时（20世纪50年代末）也曾从抽屉里翻出并玩耍过1万元面值的旧币。不过，小说作者似乎忘写一笔，没有做解释。

玩，即业余生活。当时娱乐活动实在太少，不像现在，电影电视、电脑手机，都玩不过来。那时，城市也不怎么样，更别说农村了，难得哪里放映电影，附近七村八寨的人闻风而动，人山人海。你想，小镇大村的茶馆生意会不好吗？众多的茶馆兼书场，成为说唱艺人，特别是松江农民书的生存之地，或曰福地。他们终年穿行于各地书场讨生计，故俗称跑码头。

爱，主要指为婚姻而言的爱。当年是普遍的"迫不及待"，《跑码头》中鲜明地反映了这一点。周江虎的师父（称先生）20岁就结婚了，周江虎当然也差不多。据我了解，与我同辈中，父母不满20岁结婚的大有人在，我也是母亲21岁时所生。爱情与婚姻，兹事体大！

《跑码头》洋洋洒洒一直写到"四清"运动末，通过阅读可以回顾这一时期松江地区的一部分历史，真切窥见人世间的悲欢离合、喜怒哀乐，特别是除旧布新、成败混杂的艺术人生。作为一位市级非遗——松江农民书代表性传承人，又是上海市作协会员，炳生兄苦心孤诣、精心打造出了这部著作，既实至名归，又是对故乡养育之恩最好的报答。

他的书悄悄成了"网红"

　　初秋的一个午后，我随意地在网页上"溜达"。突然间，在百度界面上，一条信息还真把我惊着了，一本名为《〈论语〉中的成语解读》的小书，居然从原价的每本49元被一路拉升到66元、80元，甚至还有挂90元的，细看作者居然是身边的熟人徐亚斌。离开网页，我在心里嘀咕：这家伙，还真能沉得住气，这样的好事，连老朋友也不透露一点音讯！

　　数日后，我在多少有点惊艳和眼红之际，想到要为这本小书的作者写下几行文字。徐亚斌是一位教师，崇明人氏，20世纪80年代初大学毕业后被分配到了松江，掐指算来已经有40多年了，我和他相识也有10多年了。那时，承蒙上海农林学院垂青，刚退休的我受邀前去讲课，先教中专语文，后来是大学语文。就是在那个时候见到了徐亚斌，他朝我点点头，并送来一个友善的微笑——就此算是认识了。当时他留给我的印象是为人憨厚，身板结实，是个靠得住、能吃苦的男人。

　　认识徐亚斌后，我常常会琢磨"人不可貌相"这句老话，有时会独自窃笑。还真是的，外表粗犷的徐亚斌其实是个十足的书生，他内心宁静，喜欢阅读，勤于思考。早在成为作家之前，就是他们这个系统内的第一批高级讲师。虽然认识徐亚斌已久，但真正意义上的交往还是最近几年的事。

说起来也是有缘，4 年前，松江区文联组织人手编纂《松江人文大词典》，承蒙文学分册主编许平老师抬爱，我俩一起承担了部分条目的编撰任务。这样，彼此算是真正意义上的认识了。还有一件事也让我有了加深对他了解的机会，一位文友要出版一部长篇小说，好意让我和徐亚斌一起先睹为快，并提点修改意见。这样的面对面相处，自然也就为深入了解徐亚斌多了一次机会……

不过，有两件事倒把我给整蒙了。一是他这本既不是文学作品，又不是纵论时势的评论集，看来只能算是经典原著的辅助读物吧，怎的反倒走红了呢？我向他求证。他笑着对我说，他自己也不明白，大概是讨巧吧！二是读了他的散文新作《庙镇印象》，写他家乡崇明某镇的人文风情的。我读后觉得不错，真实又引人入胜，夸了他几句。不料，他神神秘秘地丢给我一句话，说他还是小时候去过，至今已有 50 多年了呢。我顿时惊讶得傻了眼，觉得有点匪夷所思。

不由得让我想起了宋代大才子范仲淹先生，他未登岳阳楼而写出了千古传诵的散文名篇《岳阳楼记》，名句"先天下之忧而忧，后天下之乐而乐"，激励着一代又一代的志士仁人服务社会，报效国家。徐亚斌虽然 50 多年没去过故地，但是能写得如此栩栩如生，如临其境，我不禁用佩服又带点嘲讽的口吻说："亚斌老弟啊，你倒有点像范文正公么，这么牛！"他含混地嗫嚅一声，一扭头走开了……

冯韬

我也是个取水人

今年的上海中考语文作文题目终于露面了：我也是个取水人。看到这个作文题，我不由得心里一动：我不也是个取水人吗？

我是 1972 年 6 月参加教师队伍的，入职后在农村初中一直工作到退休。在工作中，我渐渐明白，既然是农村教师，就要终生面对差异，而这种差异是多方面的：一是相对城区学校来说，农村学生确实比较差。二是即使都为留在农村的学生，彼此之间的差异也很明显。对于这些差异，逃避是不现实的，强求一律的想法和做法也是不现实的，与其埋怨农村学生差，不如想方设法去提高他们，用知识之水去浇灌他们……

我刚入职时，困难很多：一是自身条件差，"文化大革命"开始时，我才读到初中二年级，尽管经过几个月的师范学院培训，底子还是很薄。二是当时学校根本没有图书馆，整个学校，除了教材以外，能看的书就是我随身带去的几十本。三是学生质量差，学生看不到读书的出路，大部分都不爱学习。低幼年级的学生，实际上是让老师替家长管管孩子，不少初中学生到学校就是报个到，一放学还要到农田里去干小半天农活（女孩子主要是编结帽子）。四是社会环境差，读书无用论盛行。我知道，要想成为一名优秀老师，必须先从提高自身的文化素养开始，想方设法充实自己。

为了使自己的普通话逐步标准，当时在学校住宿的我，每天一早起床就坐在宿舍里大声朗读课文；晚饭后迈开双腿，走家串户进行家访，家访回来就备课、读书、做摘抄……

恢复中考以后，我连续多年从事初三语文教学。那时的中考复习，可不像现在有教辅类读物，所有的资料、练习卷，都要靠我们老师自己搜寻、刻写、油印。看着学生们嗷嗷待哺的眼神，我顾不上自身的劳累，引来知识之水，浇灌在这些禾苗上。从汉语拼音开始，为他们补短板。由于长期刻蜡纸，我的右手中指关节处形成一块蚕豆大的老茧，至今清晰可见。而资料，逐年增多完善，最终我还用这些资料出版了几本书……

辛勤的工作换来了丰硕的成果：1980 年恢复中考后的第三届，42 名学生中有 5 名考上了中专（当时中专比市重点高中还吃香，因为可以立即把农业户口迁为城镇户口，了却他们祖辈父辈的愿望，中专录取分数线462 分，比市重点高中的 447.5 分还高），7 名考上了市重点松江二中，9名考上了当时是县重点，后来成为市重点的松江一中，其余的进了当时的松江三中。

面对农村孩子对知识的渴求，使我对自己的平凡从不自卑。我决心把自己深深地扎根在学校所在的这块土地上，为这块土地上淳朴的孩子奉献我的知识。我将知识演化成雨露，洒在这些孩子的心灵上……一年又一年，一届又一届，教了哥哥姐姐，又教他们的弟弟妹妹，甚至他们的儿女。一家两代，我教过的就有十几对。

为了这些孩子，我多次放弃到城镇学校任教的机会。当年，松江的一位副县长看到我长年在农村学校任教，问我想不想到城镇学校任教，手续由他来办，但被我谢绝了。城区一家民办学校招聘教师，主管人事的是我的校友，他说如果我愿意去，他可以在一个星期内帮我办好所有手续，也被我谢绝了。松江区进修学院的一位特级教师曾问我："冯老师，我一直想问你一个问题，为什么你不到城镇学校来任教？"对于这个问题，我想得其实很简单，到城镇学校任教，客观条件当然要比在农村学校好得多，但农村的孩子也渴望接受优质的教育,教师都到城里去了,农村孩子谁来教?我虽然不敢自命优秀教师，但一直在朝这个方向努力，也就一直没有离开乡村学校。对乡村的这些学生，我已经有了深厚的感情，不可能说走就走。

当我面对孩子们充满渴望、期盼的眼神时，我的心会异常沉重，恨不得长出三头六臂，将自己的所知一股脑儿教给他们……

当我的辛勤工作换来孩子们的成绩、笑脸时，我的心情又是何等酣畅，所有的疲劳、烦恼都在一瞬间化为乌有……

由此可见，取水浇灌是教师的职业本色，也是教师的快乐所在，它将与教师永远相伴。因为没有教师的取水浇灌，就没有孩子们的成绩和成长……

我不是演员，我用知识吸引学生渴求知识的目光；我不是歌唱家，我让知识唱出迷人的歌曲；我不是雕塑家，但我塑造着一批批农村孩子的灵魂。我只是一个取水人，取来知识之水，酿造成雨露，浇灌在孩子们纯美的心灵上。这是幸福的，不停地取水，不停地浇灌……到了晚年，一回首，就能看见一片万紫千红的园地，多美、多好……

吕六一

堵车记

　　五一长假，朋友相约赴浙江丽水一游。记得小学时读过一本书《美丽的楠溪江》，知道了丽水。这是我最早接触描写自然风光的书籍，那里崇山峻岭，动植物资源丰富，还有娃娃鱼，会叫。心头烙着这一片美丽的风景，现在有机会前往，我欣然应允。

　　长假第一天清晨 6 点 30 分，大巴驶出人民广场，8 点 30 分到松江。导游见面就说："你们这个年龄凑什么热闹，车流汹涌，路上堵啊！"这我们有思想准备，因为朋友还在发挥余热，节假日才有空，堵就堵吧。

　　堵得有点厉害，再上高速到离开枫泾服务区已是上午 10 点 30 分，2 小时走了 27 公里。枫泾服务区停满汽车，我们在岔道口等待。因为车从上海出来在高速公路上已经超过 3 小时，必须在最近的停车点休息至少 20 分钟。司机说："加油站加点油吧，那里好停，大家也方便一下。"车休息出加油站却被告知还得再停 20 分钟，加油时间不能替代安全措施。于是找地方再停车，服务区服务到位，没有喧哗，没有鸣笛，大家耐心等待。我与小车游客聊天，他们说自己还是幸运的，有的车找不到车位，憋着方便不了，只能向前。还有的看看这个阵势，打道回府了。

　　大好时光，人们太想松松脚头了。眼前的一切谁都能理解，一片车海，自己进来的，又不可能飞出去。没什么埋怨焦虑，有的是比较、安慰、庆幸和希望。车进浙江，细雨蒙蒙，车外迷离，车内却很热闹。导游是一位年近 60 岁的男子，普通话不标准，说话时不时被游客打断讯问。导游毕竟身经百战，并不怯场，真理歪理总能自圆其说。搞笑的言语、半通不通的逻辑，或者说脑筋急转弯的结论，迎合和自嘲的态度让车内笑声不断。一会儿导游自告奋勇唱起了邓丽君的歌《我只在乎你》，尽管跑腔跑调，却也一脸认真。唱完他说邓丽君 42 岁因哮喘离世，这又不是重病，可惜她身边没人，如果我在她身边，她就不会这样了。全车哄笑，看得出导游在尽力排解大家的寂寞。

车慢慢地行，消磨时间，吃东西吧。妻子带了来伊份的零食，早就分成两包，两家人各一包。朋友也是这样想的，拿出的也是来伊份食品。品种真多，有果脯、肉干、蜜饯、糕点、糖果、饼干、炒货等，我们一一品尝。来伊份是松江的上市企业，看着亲切，食品也很有特点，小包装、品种多、干净、好上口，特别适合旅行携带。

车轻轻地晃，向前望去，与前车相距不过 10 多米。再向前望，车顶接着车顶，汇成车流，缓缓淌去。车内女士们轻轻地谈天说地，男士们埋头看手机，小孩子们乖巧专注地玩游戏，他们非常珍惜这不多自由掌握电器的机会。几个大学生模样的女孩，悄悄说话却又眉飞色舞，不时嘎嘎地朗笑几声。看来再堵，也难以打消她们的情致。打量全车，约莫一半是退休人员，这大大出乎我的意料。边上一位先生告诉我，他们要带孙辈，也就节假日有空，儿女体贴，早早给他们订了票，趁现在身体还硬朗，能出来就出来吧。还有人平时操持家务，节假日就丢给儿女，自己抢票出来，换个环境，轻松一下，至少可以不用买菜做饭洗碗。游客们对堵车都有准备，熬得住，心不烦。

记得 20 世纪 80 年代曾坐车过黄岩擦着丽水去温州，盘山公路，风景绝佳。现在是高速公路，直直向南，单向三四条车道。过了金华，隧道连着隧道。也好，不看窗外，我打开高德地图，熟悉一下这个软件。地图上，车的位置、行驶车道、行驶方向一目了然。看速度，最快的时候每小时 90 公里，大部分在 60 公里内，慢的就不说了。再看服务区人流，几乎都是 5 个小人，表示满员。用指关节敲两下屏幕，形成截屏，一键点击发给亲友，信息即时共享，多好。最关心的是到达终点的时间，下午 3 点、4 点、5 点……可惜一直在延后。第一次发现，总有 10 多颗北斗卫星与我的手机关联，高科技让我们的生活有了意想不到的便捷。高德地图还有一个"贴身服务"的试行功能，沿路展现的地形是立体的——尽管是模拟——但让人有身临其境的感受。

因为堵车，也有一次争执。下午 2 点，导游说下去吃点东西吧，停上 40 分钟。一位游客说不够，另一位游客急了，说难不成还要 2 小时？！前一位说你不要添油加醋，后一位说你要喝酒吗？我们等不起。导游这个时候利索表态："我定了，40 分钟到 1 小时。大家抓紧，人到齐就开车。"一片掌声，没人再说不同意见。

高德地图上显示的终点时间还在延后，晚上 8 点、9 点、10 点、10 点 30 分，终于到了按照旅程安排的饭店吃上了"午饭"。

因为堵车，一天过去，下午的游览内容改到第三天返回时。

榛子

关于葱

　　由于在北方的生活经历，关于葱，我只认可大葱，北方人又叫京葱。上海人喜欢的香葱，我是不认可的，它有什么香呢？在小菜场买菜，卖菜的会送给你一把小香葱，这一把小香葱我拿到家里，多半是放烂了。

　　至今还记得北方有一句俗语，叫作"大葱蘸酱，嘎嘣就呛"，听起来吃得可真香啊。其实大葱蘸酱，所取的是葱白的甜而辛辣，葱叶呢，我看是乏善可陈。

　　从前，辽宁人多食高粱米，红高粱米味涩，白高粱米为上品。有一种吃法叫"打饭包"。白高粱米煮得的水饭，捞起沥净，铺在洗干净的碧绿的生菜叶子上，米饭上面再铺葱白和黄酱，然后把菜叶子卷成"饭包"，眼睛一闭大快朵颐。

　　我如此小看香葱，嘉禄兄一定大不以为然。嘉禄是美食家，他在美食文字里多次写道："撒葱花，浇热油。"但我总以为，区区碎葱叶，能给食物增添多少香味呢？可是在生活中，却有那么多的人喜欢香葱。我常在一家小面馆吃面，几乎每天都去。他家付货的平台上，放着一碗葱叶，一碗香菜叶，任由食客自取，我每次都不加葱叶。一段时间以后，付货台上葱叶、香菜叶撒得到处都是，服务员就把这两个装着碎叶的盆子收到柜台里。师傅把面捞得了，他在里面给你添上葱叶和香菜叶。我每次都关照不要葱叶。可有两次师傅手忙脚乱，给我的面里也扔上葱叶，真是岂有此理。

汪先生是公认的美食家，他会吃也会做，他也喜欢葱。他有一道自创的汪家菜：回锅油条。吃剩的冷油条搌通，塞进肉末、碎葱、榨菜丁拌就的馅子，封好口，入油再炸，变成一道美味。前年我随着众人，在高邮，看了汪先生纪念馆以后，又在街上的"汪家菜"品尝了这道美味，也许不是汪先生亲做的缘故，味道并不怎么样。

葱叶的好，只好在一个颜色，俗话说"小葱拌豆腐，一清二白"，就是在称赞葱叶的绿色，和豆腐的白色相得益彰。但是我要说的是，小葱拌豆腐万万不敢缺了葱白，不敢缺了葱白的甜而辛辣呀。不过也有好的葱叶，辛辣而甜，那便是羊角葱。《于谦小酒馆》里说，羊角葱是过冬大葱的分蘖，此言差矣。羊角葱是另外一个品种，长一虎口，叶、白各半，其状弯如羊角，故得名。北方的3月，正是青黄不接的时令，羊角葱上市了，称得上是时鲜菜。那年春天，我在赤峰县二道河子水库做民工，公社民工食堂里买了10来斤羊角葱，怎么吃呢？厨师把它粗粗地剁成寸段儿，扔在一个水桶里，撒上大把的青盐，一杀杀出汤来。百十个民工一抢而光。主食是什么呢，玉米面发糕。那么好的羊角葱，本应该炒肉炒蛋的，却是一把大青盐就打发了，真是暴殄天物。

那年我和姐姐在旧金山国际机场落地，淼开车来接机。她带我们去一个中餐店，店名叫"天上掉馅饼"。我和姐姐马上充满期待，口舌生津。40年前，我们都吃过克什克腾旗的牛肉馅饼，那是整个昭乌达盟闻名的美食，皮子焦黄，肉馅鲜嫩，口感丰腴。可是这个"天上掉下来"的馅饼，皮子硬，肉不新鲜，为了掩盖肉的异味，加了过多的佐料。我草草喝了小米粥，在不大的店堂里来回走。我真想冲到柜台前，对那个华人小老板说："牛肉馅里是要放葱白的，老板，很多的葱白！"要知道，葱白之于牛肉馅，正如荸荠丁之于狮子头。

现在，我要说一说葱叶给我留下的美好记忆。10 岁那年的塞北煤矿小镇，我在初春的路上走着，树木凋零乍暖还寒，突然我听到一阵鸟鸣，仿佛春暖花开。一个跟我同龄的男孩子，双手拢嘴，悦耳的鸟叫声是从他嘴里吹出来的。在他展开的手掌上，我看到一片葱叶，他把厚厚的葱叶肉刮去，只留下一小方白色的葱膜。他告诉我不是吹，而是吸气，嘬唇。奇怪的是，后来再没听到有人吹葱，除了我自己。回想起来，下乡 5 年，漫长而枯燥的生活里，也没有吹过一次。20 世纪 80 年代，松江的市属厂联谊会经常搞联欢，每厂出 3 个小节目。那次，人们看着我从一本书里，摸出葱叶含在嘴边，竟然吹出了鸟叫声，他们惊讶不已。咂唇是孤独的鸡雏，短吸是欢快的百灵，长吸快速抖唇，就像一只鸟看到另一只鸟，欢叫着从这棵大树飞到另一棵大树。那次联欢，我们这个中小企业第一次获得了二等奖。

吹葱，这技艺是谁发明的呢？它始于何时，它会失传吗？

这篇文字写到一半，闲翻旧书，蓦地看到苏轼的句子，在黄旧的书页里等着我，它等我有多久了？"总角黎家三小童，口吹葱叶送迎翁。"我又惊又喜。惊的是，这技艺竟然有近千年历史；喜的是，仿佛有幸在文字里找到一个老朋友，很老很老的朋友。

罗克平

首次在《人民日报》海外版刊登文章

只要当"有心人"，只要有"新闻眼"，经常会碰到好题材，聊天聊出大内容，写出好文章。我在《人民日报》海外版刊登的第一篇文章《她在传播中国文化》（1985年10月22日），就是如此。

这篇文章刊登在《人民日报》海外版的副刊头条，内容讲述的是意大利桑德拉·曼梯契女士，她是汉语学者、意中友好协会主要领导成员。桑德拉女士热爱并传播中国文化，《文心雕龙》是我国第一部文学批评巨著，她最引以为豪的则是用意大利语翻译了中文版的《文心雕龙》，这是整个欧洲唯一的意大利语译本。

那天，我去上海外语学院林老师家拜访，恰巧遇上桑德拉来北京参加第一届国际汉语教学讨论会时途经上海。交谈中，她说自己正在翻译《文心雕龙》，这立刻引起了我的兴趣。因为这本书中国读者都不容易读懂，包括我自己中文专业本科毕业都不容易读懂，更何况是外国人，在翻译过程中肯定会遇到诸多困难和挑战。

果然，桑德拉说："翻译这部中国古典文艺理论的代表作，真难啊！"桑德拉为了把作品原意确切地译成意大利文，把刘勰的原著先后研读了3遍，并参考了郭绍虞、范文澜、王元化等人不同的注本。有时遇到模棱两可的注解，为了对读者负责，她把这些疑难问题集中起来，利用到中国访问的机会，特地到上海、香港请教专家。意大利语和汉语词汇的意思有时大相径庭，为了把中国字的原意翻译出来，她利用其他外语工具书做媒介，不辞辛苦反复引证。6 年多来，桑德拉几乎每天挑灯夜战，这本书耗费了她巨大的心血。

谈起与中国的友谊，源头话长，桑德拉曾 2 次由政府派遣来上海外语学院讲授意大利语，时间长达 3 年之久，所以她对上海特别有感情！

桑德拉不仅是位汉语学者，而且还是意中友好协会的主要领导成员。意中友好协会开办了全国第一个中文书店——马可·波罗书店，陈列我国最新出版的各种书刊，成了意中友好的一个窗口。意中友好协会还定期举办汉语、针灸等多种讲座，组织中国盆景艺术展览会，把中国文化源源不断地介绍给意大利人民。桑德拉是其中最活跃的一位组织者。

《人民日报》海外版是中国对外开放的综合性中文日报，创刊于 1985 年 7 月 1 日，创刊号上刊登着邓小平同志的题词"向海外朋友问好"。

该报创刊后的 3 个多月，就以较大篇幅刊登了我撰写的专访文章《她在传播中国文化》。这说明只要选题好、写得好，我们普通老百姓的文章也能被《人民日报》海外版选中刊登。

我自在《人民日报》海外版刊登了第一篇文章后，大大增强了我撰写新闻报道和散文的自信心，也培养了我更为严谨的写作作风。此后，《人民日报》海外版头版刊登了我的文章《抢救活资料刻不容缓》《虹桥机场友谊情》《上海空运市场竞争激烈》《奇险的马岭河峡谷》《南雁荡山纪游》《上海机场的巨变》等及不少摄影作品。

值得一提的是，我在海外留学的女儿罗晓磊也积极向《人民日报》海外版投稿。她于 2002 年 9 月赴荷兰留学，11 月参加了该报社组织的"离家出行——我的海外求学生涯"征文活动，文章《第一次参加国外考试》于 2002 年 12 月 26 日被刊登。此后，罗晓磊又多次接受《人民日报》海外版记者的采访，介绍了其在海外留学和工作的情况。

把中国文化传播到海外，讲好中国故事，《人民日报》海外版为广大读者提供了很好的中外交流平台。

邢砚斐

松江九峰和九峰十景

松江的山，以九峰为著。唐、宋之前，松江并无"九峰"一词。此说，始见于陆鹏南（字象翁，宋末元初华亭人）所撰《九峰清气集》。陶宗仪曾云："长谷以东，通波以西，九山离立，如幽人冠带拱揖状。此九峰所以称也。"

将九峰品定次第，则出自元代诗人凌岩。凌岩，字山英，号石泉，宋代靖康年间其先辈从河南开封南迁，徙居华亭，遂为邑人。凌岩《古木风瓢集》有《华亭杂咏》9首，将郡中九峰列序为：一凤凰山，二陆宝山，三佘山，四细林山（即辰山），五薛山（又称玉屏山），六机山，七横云山（即横山），八干山（即天马山），九昆山（即小昆山），凌岩将九峰逐一题诗，留下佳咏，被时人称作山史。

《正德松江府志》记曰："陆宝山，本陆氏家山，界凤凰、玉屏之间，山多土少石，而土又美，人争取之，今夷为平陆。"又曰："库公山，在凤凰山南，与陆宝山隔溪对景。昔有库公隐此，因名。"另据《光绪松江府续志》考证："陆宝山，山在长生泾（今称长湘泾），今尚存山石丈余。"玉屏山（薛山）在凤凰山西，库公山在凤凰山南。按此推测陆宝山的位置，大约在今月湖北侧。因陆宝山已夷为平陆，即便"尚存山石丈余"，也难以称峰，后人遂以厍公山替补为第二峰。

松江九峰山上，均有不少名胜。每峰十景的出现，时在清初。《嘉庆松江府志》将九峰十景详细予以记录，其后的府志、县志及相关资料均以此为是，且沿用至今。《嘉庆松江府志》载明，九峰十景出自《九峰志》。

《九峰志》乃诸嗣郢所撰。诸嗣郢，字越臣，另字乾一，又字琴庄，号勿庵，别号松槎。幼时为徐方广弟子，陈继儒、董其昌见之，目为神驹。顺治十八年（1661）成进士，尚未殿试，即受江南奏销案牵连，遂绝意仕途，纵情山水，自号九峰主人。诸嗣郢曾于康熙间主纂《青浦县志》，《光绪青浦县志》中有传。

其实诸嗣郢所撰《九峰志》并未刊印，因诸撰《九峰志》，书未竣即人已逝，仅留镌板27块。嘉庆十六年（1811），后人诸联在《明斋小识》卷一"九峰志"中提到其父曾见过未全之书，并摘录给他。今山中名胜多半磨灭，恐久而失传，于是将九峰十景整理记录下来。

《明斋小识》成稿于嘉庆十六年（1811），《嘉庆松江府志》则刊刻于嘉庆二十三年（1818），因此府志九峰十景的记载，并非出自诸嗣郢《九峰志》，而是从诸联《明斋小识》中转抄而来。

诸嗣郢自号九峰主人，其为松江九峰十景的构建竭尽心血，功不可没，史料称其"倾囊中金，搜治岩壑，疏凿川沼，发奇剔隐"。诸嗣郢不仅将九峰山上的原有古迹一一加以修葺，而且筑造了许多新的景观。

据记载，诸嗣郢在凤凰山营建：一峰梧馆、费亭、拜石堂、东海亭、陶斋（即南村居）；在厍公山营建：二峰啸亭、放鹿亭、厍公庵、陆宝村屋；在佘山营建：三峰静轩、陈亭、山月亭；在辰山营建：四峰隐庐、九峰草堂、招隐堂、鲈鱼亭、点易台、钵堂、勿庵、蠡庵、秋水庵、芭蕉庵、净土庵、长生庵、放生亭、镜湖草堂、万佛万仙廊、尚友堂（祀山中先贤）；在薛山营建：五峰吟阁、曹斋、学士亭、梅花庵（庵下种梅万树）；在机山营建：六峰琴斋、万花庵、平原村屋；在横山营建：七峰雪堂、只怡堂、醉花吟月之堂、常清静室、高视亭、可无诗亭及忠孝祠；在天马山营建：八峰竹楼、半珠庵；在小昆山营建：九峰奕圃、玉山草堂、涌月台、玉光亭、七君子堂。

九峰十景即是在这些新旧名胜中，遴选、归纳而成。

也许是当初抄录匆忙，见《嘉庆松江府志》所录九峰十景有误，今对照《明斋小识》整理如下，以免讹传。

凤凰山十景：南村居、三星阁、来仪堂、摩霄壁、且止园、梅花楼、东海亭、山月轩、锦溪桥、芙蓉庄。

厍公山十景：棋枰石（旧志作"旗杆石"并注曰"石在田中，为厍公弈处。旗杆不可弈也"）、洗鹤滩、藏书岭、鼓琴矶、览德坡、采药径、白雪庵、放鹿亭、聚星崖、陆宝村。

佘山十景：白云晴麓、香溪石径、翟黛旧园、洗心灵泉、标霞峻阁、昭庆幽居、道人遗踪、宜妙竹林、慧日双衣、征君旧隐。

辰山十景：素翁仙冢（有资料误作"素翁近冢"）、丹井灵源、洞口春云、晚香遗址、镜湖晴月、金沙夕照、义士古碑、崇真晓钟、五友奇石、甘白山泉。

薛山十景：景华桥、学士亭、苦节碑、兴云岭、宜晚堂、紫芝岩、仙人床、薛老庵、青莲池、梅花峰。

机山十景：吕公祠、吏部园、醉眠石、坎离泉、双蛟壑、鸡鸣岭、绿云阿（旧志作"绿云河"。山中流水应称溪，河乃阿之误。阿，读 ē，意为弯曲处，与原文注解"旧多绿竹"相符）、真珠浦、醉花阁、平原村。

横山十景：白龙洞、联云障、丽秋壁、碧崇岩（旧志作"碧岩"，漏一"崇"字）、三泠涧、忠孝祠、黄公庐、得月桥（旧志作"得月塔"，桥在清风禅院内，查资料未见横山有塔）、只怡堂、来谷潭。

天马山十景：一柱石、二俊堂、三高碑、双松台、餐霞馆、濯月泉、看剑亭、八仙坡、半珠庵、留云壁。

小昆山十景：白驹泉、红菱渡、紫藤径、杨柳桥、乞花场、玉光亭、揖山楼、七贤堂、神虎穴、涌月台。

王平华

琴　痴

人的一生，像一天的太阳。刚从娘胎中落地的婴儿，宛如破晓而出的旭日。退休的王兆钢先生过着颐养天年、含饴弄孙的宁静生活，可他还像中午时分的正阳，如同一团炽热的火球，尽情地喷射光和热，光芒四射。

原在机关工作的王兆钢先生，年过花甲，中等身材，头上"寸草不长"，聪明"绝顶"。同事和他开玩笑："热闹的马路不长草，聪明的脑袋不长毛！"他一笑而过。

退休后他去学古琴，不仅爱上了古琴，而且爱得一往情深，爱得情有独钟，爱得形影不离。他自己制作古琴，爱琴常伴身。在世界顶峰珠穆朗玛峰大本营，听到他弹奏清脆悦耳的琴声，大美新疆白哈马村有过他古琴悠扬动听的声音，他甚至把爱琴带到冰天雪地的北极弹奏，让同邮轮旅行的外国人，品味了中国古琴弹奏出的音乐如此婉转悠扬。

王兆钢闲聊时曾对我说："在异国他乡，在祖国的青藏高原，在尼泊尔的珠穆朗玛峰等地抚琴，那种感觉非常神奇而美妙。每每此时，情之所至，'古琴虐我千百遍，我爱古琴如初恋'的喟叹就会涌上心间，这是我对古琴独一无二的表白。"

王兆钢自嘲："我原是一个五音不全，既'不靠谱'又'不着调'的音乐盲，临近退休的年龄，竟然跟古琴杠上了，并且杠得如痴如醉，杠得无怨无悔，杠得还有模有样，令我自己都始料未及。"

王兆钢对我说："我这个人有个特点，就是不知天高地厚，无知无畏，敢想敢干，而且说干就干。在跟老师学琴的时候，我萌发了一个想法，我弹琴、斫琴一起学岂不更好。我向老师坦陈了这个想法，老师立马表示赞同，还为我列出了一长串斫琴所需材料、工具等清单。就这样，我用了半年的时间，自学斫琴的理论知识，进行斫琴的工具、材料等各方面的准备。一切都按计划筹备就绪，2019 年 5 月 4 日这天，我简陋的斫琴作坊仰德坊开张。记得第一次走进仰德坊，我的脑子里一片空白，内心嗔怪自己，自作自受，喇叭放出去了，牛皮吹出去了，外界都知道了，已经骑虎难下了。脑袋里好像有两个人在吵架，一个说学古琴也就算了，居然还要做古琴，这是那么容易的事吗？早点收场吧，免得下不了台。一个说一言既出，驷马难追，世上无难事，只要肯登攀。经过激烈的思想斗争，后一种想法占了上风。"

斫琴是一个比较复杂的系统工程，集木工、漆工、声学、美学、文化、艺术等于一身，既是体力活，又是技术活。

"两栖作战"的王兆钢既要去琴房学琴，又要去仰得坊斫琴，来回奔波，风雨无阻，寒暑不惧，真是忙得不亦乐乎。

学习弹奏古琴，王兆钢有几条原则：首先，是循序渐进，不着急，慢慢来。其次，是曲目内容与自己内心比较契合，能愉悦身心。最后，是尽量做到曲目的涵盖面广一些。比如，会弹奏的十几首曲子，难度系数都是由低到高；又比如，《梅花三弄》借助梅花的形象表达了对节操高尚之人的颂扬；《流水》讲述了伯牙与子期高山流水遇知音的传世佳话；《鸥鹭忘机》通过讲述一个寓言故事，规劝人们要心地善良，不要存害人之心；《云水禅心》表达了一种悠然自得、超越浮尘的心境和情结等，这样的曲目都引起了他内心世界极大的共鸣。他说："我打内心里喜欢学习的经典曲目有《梅花三弄》《流水》等，有佛教曲目《大悲咒》《云水禅心》等，有移植的现代曲目《女人花》《我和我的祖国》等。其目的在于寻求一种内心的愉悦和宁静，丰富自己的精神世界。人老了，但心不能老。"

学琴最大的好处是丰富了王兆钢的退休生活，提升了他的精神境界。退休已经 7 个年头了，他几乎每天都在忙。时间是有倍增效应的，每天积累前进一点点，一年下来回望竟然也收获颇丰，没有半点无所事事、消磨时光的感觉，非常充实。

王兆钢花甲之年开始学琴、斫琴，以琴会友，以琴叙情。他经常和外区的古琴爱好者联谊演奏，加深了琴友们之间的感情和友谊。与琴为友结伴，最大的乐趣在于琴会让人产生强烈的学习兴趣和求知欲望。

他认为，古琴是个家。人在旅途，家是永恒的港湾，家的感觉是安逸、舒适、温暖、幸福，古琴亦然。古琴也是扇窗，钱钟书先生说："有了窗，我们可以不必出去。窗子打通了大自然和人的隔膜，把风和太阳逗引进来，使屋子里也关着一部分春天，让我们安坐了享受，无须再到外面去找。"窗户是人与自然沟通的媒介，它在让人看到外界事物的同时，也让外界的人看到了你，看到了你的内心世界。古琴更是座桥，纵然远隔山海，只要心灵相通，必将天涯若比邻。古琴，作为世界非遗，起到了了解和传承中华优秀传统文化的桥梁作用。

为了促进广大古琴爱好者区间联谊交流与发展，王兆钢牵头于 2018 年 12 月 1 日，发起成立了宝山区古琴协会，让更多的古琴爱好者能以琴为友结伴。

王兆钢几乎每天都要触摸琴弦，即便是出差、旅行在外，也从未间断过。最近，王兆钢将理查德·克莱德曼的钢琴曲《水边的阿狄丽娜》用古琴演奏成功，真的是别有韵味。

前几天老朋友相聚，王兆钢焚香抚琴，一曲《鸥鹭忘机》让弟兄们陶醉，悠扬的琴声，余音袅袅，沁人心扉，宛如高山流水，清脆悦耳，顿

散文

添许多乐趣!

在喝彩声中,王兆钢连续弹奏了《良宵引》《梅花三弄》《大悲咒》《水边的阿荻丽娜》《女人花》等曲,可朋友们听了觉得还不过瘾,盼望着下次享受这听觉盛宴。

听过他演奏的人,一致敬佩王兆钢在7年的时间内,把古琴奏得余音绕梁,将中西方乐曲融合得天衣无缝,把一块块原木斫成人见人爱的工艺琴,感慨他专心一志的爱琴情商,赞叹他出神入化的精湛琴艺。

聪明"绝顶"的王兆钢已是名副其实的"琴痴"。他忠贞不渝地爱琴,爱出了对生活的热情,爱出了朋友之间的友情。

许多朋友对王兆钢的"痴琴"行为,有很多的不解,他坦言:"到了耳顺之年,要学任何新东西,你说不累、不难也不真实,关键看怎么选择、怎么定位。要选择自己想学、感兴趣的东西,感兴趣就会产生学习的动力。学习的目的千差万别,因此要因人而异。我学古琴就是为了让自己的退休生活更加丰富多彩,同时也想挑战一下自己接受新事物的能力。目的明确了,努力的方向也就清楚了,修身养性,悦人悦己,不求卓越,只求开心。选择古琴作为自己退休生活的一部分,'有意栽花花不发,无心插柳柳成荫'。是偶然,还是必然?是偶然当中有必然?我虽然难以说得清,却总感觉冥冥之中有情缘牵绊。"

改革开放以后,人们物质上吃穿不愁,但这不是退休老人生活的全部,我们还需因人而异把自己的精神生活安排得丰富多彩,平日里多寻找快乐健康的生活方式,让身心变得愉悦起来,生活才会更加充实美好。别无所求,只为大家有质量地安度享年。

古琴起源于贵族家庭和宫廷演奏,从六朝时期陈桢明三年(589)丘明传《碣石调·幽兰》起,到1946年裴铁侠编撰的《沙堰琴编》止,去其重复,共计650余首琴曲。1949年后,文艺工作者又创作了许多新曲,琴书谱集更是不计其数,可谓浩如烟海,这是我国传统音乐和现代乐曲中一笔宝贵的财富。

生活是音乐的源泉，高雅的音乐给人带来美的享受；音乐和生活同在，在音乐的音符中找寻生活的真谛！

愿"琴"有独钟的王兆钢在中国传统乐器——古琴的技艺上踵事增华！

黄忠杰

一封被岁月延误的书信

陆机先生，自从你于 283 年秋离开小昆山后，我就在茫茫的岁月里、遥远的时空里，一遍遍地呼喊着你的名字。这诚恳而亲切的呼喊声让每个春夏秋冬都为之感动，露雨交融，渗透进我的一张张信纸。

我看见你正神情凄伤默默地与小昆山对视。

陆机先生，你知道吗，我的这一声声呼喊，久久地飘荡在小昆山的山谷里，萦绕在我的梦里，因为这是故乡的一个友人、一个小学生的一声声崇敬的话语。

陆机先生，你知道吗，我曾给你写过好几封信。我多想收到你的回信，哪怕千年等一回，可我还是没有收到。也许你也没有收到我的信，一定是被岁月老人给偷偷拿走了。今天，我在整理书信时，竟意外发现了这封信的底稿。我如获至宝，迫不及待地打开那早已泛黄的信纸，把它晒在秋阳里，展示在众目睽睽下。

陆机先生，现在已是 21 世纪了，距你离开故乡近 2000 年了，怨我不能亲自把这封信送达给你。

这些年来，我写了许多封信，如曾写给宋朝文化大师苏东坡，写给明朝文学家、书画家董其昌和陈继儒，但第一封信是写给你的，因为你的辈分最大。

我的第一封信很恭敬，这是你教导我的，凡事要认真、诚恳。

我感谢你的这支巨笔，带给中国文学读者和书法爱好者许多精神食粮，其中就有我。我读过你的《文赋》，临摹过你的《平复帖》，反反复复地读写，虽然只是一知半解，但是帮我度过了人生中的无数个纠结之夜。

拜读你的文章，临摹你的书帖，几乎成了我的人生嗜好。我一生酷爱读书，还是个书法爱好者，只可惜我永远达不到你这样的境界。还好，读你的文章，临摹你的书帖，使我的内心不再寂寞，丰富了我的人生，净化了我的心灵。

在离我们故乡很远的地方，一个文友在网络上跟我交流，她也读你的文章，临摹你的书帖，我将自己不着边际的想法说给她听。你的作品是文人间的通用电码，哪怕是远隔千里、素昧平生。

这些年来，我内心苦闷、自卑。它不是来自我的个人生活，而是因为我领悟不到你作品的博大精深。如果有人问"你写得出新的《文赋》吗"，我定会羞愧得无地自容。

陆机先生，自从我看了你的文章，临摹了你的书帖后，我的心胸顿觉开阔了许多。这样的情形，在我读刘勰的《诗品》、曹丕的《典论·论文》时也曾出现过，但我仍不那么"对应"，直到我读懂了你在故乡"屏居十载苦读"的人生经历后，才知凡大师也许都会有这样的苦难历程和超拔的灵气吧。

要不是你的《文赋》，也许我对文学与美学审美思想的理解一辈子也不会领悟，你的作品让我释怀。

陆机先生，这些年来，故乡的人们是多么想念你，在此他们纷纷要我在信中带上一笔，我们永远怀念你。

徐天安

照灯奇遇

　　元宵节下午，我从母亲坟前照灯回到家后，便迫不及待地将所遇到的奇异之事告诉了老伴，老伴听后高兴地说："这是好事啊！一定是母亲在暗中保佑你、帮助你！"我从不迷信，可事情又为何这么巧呢？

　　事情还得从头说起。

　　今年的元宵节，由于连续下过几场冻雨，山上覆盖着一层厚厚的冰雪。所有的道路皆已结冰，行人和车辆很难通行，给人们祭祖照灯造成了极大的困难。

　　母亲的坟地在港口集镇的对门山上，离家虽只有二三里路远，但途中要经过一条大河，河上只有一座50多米长的简易木桥。正当我在家准备出发去母亲坟前照灯时，居住在大屋里的弟媳打电话来告诉我说，去对门山上的桥面结了很厚的冰，无法通行，让我还是别去了，很危险！

　　我自知危险，况且今年已步入古稀之年，老年人最怕摔跤，去年5月我就曾领教过一次。一天晚上，我在卧室的床边不慎摔倒，左手撑到了地上，虽然未伤到筋骨，但是这只手连同肩膀疼痛了好几个月，这还只是一次轻微的摔伤。

　　可是元宵节去母亲坟前照灯是我心中早已决定了的事，况且路程又不远，心想不就是路上有点打滑吗？我想，即使是爬着过桥，我也要去。我满怀信心地拿了鞭炮和蜡烛出发，临出门时，找了一副手套戴上，脚上穿了一双防滑的老北京布鞋。到了大屋里，我又在一户人家的墙根下找了一根木棍拿在手上，以防上下坡时打滑。

一会儿我便来到了河边，放眼望去，木桥上果然结着一层厚厚的冰，虽然已经有人用锄头在冰面上凿了一些孔，但是可能因为冰太厚太硬，孔凿得很浅，而且孔与孔之间的距离也比较大，若是直立行走，稍有不慎便会掉进河里。

为了安全，我便蹲下身来，两只手撑在木桥两边，将装有鞭炮和蜡烛的食品袋放在胸前，并把木棍也横在胸前，然后一屈一伸地仰着向前蠕动。这种过桥的方法行之有效，一点也不打滑。可当我爬到木桥中间时，意外的事情发生了，那装着鞭炮和蜡烛的食品袋突然掉到河里去了。我大惊道："这下坏了！没有蜡烛怎么去照灯呀！"但我并没有因此丧失信心，一心准备回家再拿。我一边从桥上慢慢退回来，一边情不自禁地关注着在河水中漂流的那个食品袋。突然，我的脑海中冒出一个念头：我要把这个袋子捡回来，不管里面的东西是否还能用。可这个袋子正在水中流动着呢，我来得及吗？就在此时，我突然发现食品袋被两块连在一起的石头挡住了，河水从它两边流着，不断发出哗哗的声音，我心里暗自高兴。

当我退回岸边的沙滩上后，便随手捡起一块石头向河中的食品袋旁扔去，目的是想通过击水让食品袋继续向前漂流，这样我便有机会拿到它。不过，我的命中率太低，石头落在离食品袋较远的地方，对于冲击食品袋没有起到丝毫作用。但说来也怪，这时，只见原来一直卡在河中的食品袋似乎知道了我的想法，突然间从河中挣扎着又漂起来了。我连忙跑到下面的水边去等待，但遗憾的是当食品袋从我面前漂过时，由于离得远了一点，棍子够不着，我只好无奈地看着它漂过去。我仍然没有放弃，继续向下游的水边跑去，想再次拦截这个袋子。这时，情况已是万分危急，因为再往下游的十几米处，便是这条河与另一条大河（纱笼河）的汇合处。那里就是传说中二龙抢珠的龙潭，潭水深不可测，要是这食品袋漂到了那里，就再也别想拿到它了。就在这千钧一发之时，奇迹出现了，只见那个食品袋鬼使神差般地向我面前的水边漂了过来。望着漂向我的食品袋，我惊喜万分，连忙用手中的棍子将它弄到手。

拿到袋子后，我迅速倒掉满袋子的河水。只见原来硬邦邦的爆竹，竟成了像在豆浆中浸泡过的油条一样，湿漉漉、软绵绵的。但我没有扔掉它们，仍将它们连同蜡烛一起装进原来的袋子，然后兴高采烈地再次向木桥上走去。我用之前同样的方法顺利爬过了木桥，来到了河对岸。上岸后，我左手提着食品袋，右手拄着木棍，几乎是一路小跑来到了母亲的坟地。

在母亲坟前，我点亮蜡烛插好后，十分高兴地对母亲禀告："今天是元宵节，儿子给您老人家照灯来了！"跪拜之后，我又怀着好奇心用打火机点湿爆竹，想看看还能不能响，哪怕是响一个也好。此时，让我意想不到的事情又发生了！这湿漉漉的爆竹竟然连续不断地响了起来。我感到很惊奇，也很激动，连忙将剩下的爆竹也点燃了，我自言自语道："这是又一个意外！经过河水浸泡了 10 多分钟的爆竹竟然还响得这么好，真的太让我高兴了！"

元宵节给逝去的亲人照灯是我们当地的传统习俗，目的是怀念已故亲人，不忘祖先恩典。听老人们说，也是在这个万家灯火的节日给先辈们送去温暖与光明。母亲是我至亲至爱的人，生前对我无微不至地关怀，生怕我受到半点伤害。尽管母亲已经去世 17 年了，但是她生我养我的大恩大德让我终生难忘。前两年的元宵节，由于受疫情的影响，身在他乡无法到母亲坟前照灯，让我内心感到万分愧疚。今天，我虽然遇到了一些曲折，但是最终还是完成了这个心愿。

回家的路上，我同样是一路小跑，由于高兴，近期一直腰腿疼痛的我竟然忘记了疼痛，而且在返回的路上，尽管我走得相当快，但是并未摔过一次，这不能不说是一件非常幸运的事！尤其是今天掉到河中的那个食品袋怎么就那么听话，事情就那么巧呢？

首先，我认为去母亲坟前照灯是我应该做的事，而且心中想着今年在家必须去。其次，我对做这件事始终满怀信心。有了信心才有勇气，有了勇气才会不畏艰险，一往无前，什么困难都不在话下。若遇一些巧合，对我来说就是意外的惊喜。

虽然这只是日常生活中遇到的一些小事，但是让我明白了一个道理：做任何事情都一样，只要你认为所做的是一件有意义的事，只要你心中充满信心，就没有做不成的事，甚至还会有奇迹发生。

徐亚斌

从绵山捎回的思绪

　　这是一个风清气爽的秋日早晨，晨曦初露，空气中弥漫着薄薄的雾霭，我们一干人已行走在气象万千、草木葱茏的绵山了。此刻，我的内心有点小感动。我要感谢导游阿丽姑娘的善解人意，是她特意临时更改了先前确定的行程路线，安排我们先上了绵山。

　　本来嘛，旅行社定下的行程是先去河南，然后跨过黄河，远赴陕北，最后再折回山西。旅行社的安排自然是无可厚非的，但就个人而言，我是多么希望能早一点进入山西。且不说三晋大地上那些曾经流传甚广的可歌可泣的历史烟云，在这特殊的背景下再次念及，就已经让我心里暖暖的了，更何况我们还要在第一时间去登临绵山！那可是我心心念念已久的千古名山啊，自然更是让我心向往之。我渴望能早点一睹她的芳容，探寻她的身世。

　　是的，我对绵山的向往由来已久。记得在中学历史课上，听老师讲晋文公、介子推的故事时，我就在心里默默许愿，此生一定要上一次绵山。

　　不料，这一晃竟几十年过去了。但我没有遗憾，我终于还是如愿行走在绵山的险漠深沟之间了。时间尚早，但上山的游客已然摩肩接踵。我倒并不意外，绵山应该有这样的魅力，她有资格坐拥这般人气！我甚至觉得绵山确是有理由让众人膜拜的。且不说别的，就凭唐太宗李世民曾御驾光临，就应该成为后人们争相前来的打卡地了。理由当然远不止这些，我更愿意相信，绵山人气的持续高涨，还是因为它是清明文化的发源地，以及那位千古不朽的人物介子推。在这人气背后，抑或一代又一代的人们追忆介子推的动因使然吧……

太阳升高了，雾气渐渐散去，天地也变得清朗起来。我沿着山路继续攀缘。一路行走，只见在悬崖峭壁之间，有着不少的石刻和画像。细究内容，差不多都和凭吊、赞颂介子推有关。由此也可知，千百年来介子推忠君赴义、鄙弃功名利禄的气节，早已深入人心，并流芳百世。你看，后人不仅设立一个寒食节来纪念他，还修建了大量的祠堂庙宇来祭奠他，文人雅士登临咏怀、寄兴抒情的就更是不可胜数。这样的讴歌绵延不绝，贯穿数千年，在这不动声色的氛围里，也使得一代又一代的后人受到了道德教化，怀着一颗虔诚之心接受了这一切。

当然，可以肯定的是，优美的自然景观，也是绵山受人热捧的一个重要理由。整个景区，古树怪石众多，岩洞与溪流随处可见，崖下大大小小长满苔藓的石乳与终年不绝清凉的泉水构成一幅绝美的水墨画卷，尤其是各种珍贵的柏树，遍布山间，神态各异。放眼望去，有的柏树酷似龙形，镶嵌在悬崖峭壁之上；庞大的鹿柏与虎柏，组成一片片天然的柏林，满目苍翠，遮天蔽日，幽香绵长……

鸟瞰景区，自然景观与人文景观相辅相成。自然景观尤以水系景观见长，瀑布雄伟壮观，气势磅礴；清泉长年不断，注入石池；高山流水，水远山长，溪流潺潺，流声悦耳，真是令人感慨万千，惊叹不已。

除了绝美的自然景观外，绵山还拥有众多的古建筑和碑刻，以及彩塑等人文景观，集佛寺神庙与人文胜迹及历史遗址于一体，层云幻化，遗世独立，别具一格。虽经岁月的打磨，却依然令人赏心悦目。

这些其实还不算什么，真正让人铭心刻骨的应该是晋文公和介子推的故事。想想实在不可思议，能够成就霸业的一代君主晋文公，智商怎么就低到如此地步？这下令点火的烧山之举，到底是救人还是杀人！

鼓浪屿抒怀

　　也不知有多久了，一直向往着在有生之年能去鼓浪屿畅游一番。随着年岁的一天天老去，这个念想也变得越来越强烈，有时甚至会产生一种时不我待的焦虑，这种焦虑又不时地在脑海中萦绕，挥之不去。

　　不过生活也还是善解人意的，就在我焦虑地等待机会的时候，机会便悄然来到了我的面前。这是一个春和景明的好天气，空气中到处弥漫着融融的暖意，我正在小区附近的中央绿地散步，突然收到朋友的短信邀约，希望能有机会和我一同南游八闽。老朋友的相邀，于我自然是求之不得，我当即就满口应允了下来。

　　于是，我全然不顾千里迢迢的路途，毅然决然地搭上了南下的高速列车。在经过五六个小时的运行后，我终于投入了她那湿润温热的臂弯。

　　此刻，我顾不得风尘仆仆、一路兼程的困乏，第一时间投入了鼓浪屿的怀抱，内心禁不住一阵欣喜——我为自己的决定而自豪。我甚至喃喃自语，自己的决定没错，鼓浪屿确是一个能安抚我心灵的地方。这个不足 2 平方公里的小岛，空气中到处弥漫着迷人的气息，也到处洋溢着柔和的张力。此刻，你只要安静地站定，无论是远眺还是近观，不绝的美景定然会争先恐后地撞击你的眼帘。

我选择先远眺。我在一块巨石上站定，放眼望去，天是那么蓝，蓝得像晶莹的翡翠；云是那么白，白得像透明的素纱。蓝天白云，波光粼粼，帆影绰绰，白鹭高翔。看着这画面，我不由得又想起了古人的名句来，只是时下是春天，但我还是固执地认定，何必一定要是"秋水"呢，这"春水共长天一色"，难道不也是一种景致吗？

　　近观，那自然又是另一番景象：绿树婆娑，红花点点，幽幽的小巷中，矗立着幢幢精致的小楼，粉墙红檐，依山傍势，时不时地有海浪拍打着条形石垒砌的墙壁，浪花四溅开来……

　　就在我陶醉于这一派美景中不能自拔时，只听得从身边匆匆行走的几位游客在大谈感受。原话自然是无法记得的，但核心的意思记下来了。他们说，不同的季节，鼓浪屿会呈现不同的美，也会留给人们不同的感受。这也许只是他们的经验之谈，但说者无意，听者有心，我真还当即盘算起下次该什么季节再来呢。

　　思绪纷飞之际，安卧在岩石之间，或者悬挂于岛礁之上的高音喇叭，竟在同一时间播放起郑绪岚的那一曲《鼓浪屿之歌》。

　　我熟悉《鼓浪屿之歌》，也喜欢《鼓浪屿之歌》。我虽喜欢它的旋律，但更喜欢它的歌词：

　　　　鼓浪屿四周海茫茫

　　　　海水鼓起波浪

　　　　登上日光岩眺望

　　　　只见远海苍茫

　　　　我渴望，我渴望

　　　　快快见到你

　　　　美丽的基隆港

这歌不知听过多少遍了，但此情此景再次听到，让人有一种直击心灵的微微痛感，眼眶顿时湿润。我不由得停下脚步，痴痴地凝望对岸，很久，很久……

陆良

我的那些老街坊

　　搬到新城居住已经很多年了，原先居住过的老街及老屋也早已拆的拆、改的改。那些老街坊也早就散居在松江的各个小区，已经难得见面了。俗话说"远亲不如近邻"，这话很有道理。尽管这些老街坊都是我们这个社会的普通人，但他们以自己的方式活得有滋有味，成为我们这个社会中一道别具特色的风景。

　　说起这些街坊邻居，不得不首先提到邻居徐大哥，他也是我同学的哥哥。他是 20 世纪 60 年代初赴新疆的知青，曾在新疆生产建设兵团某农业师担任总会计。20 世纪 80 年代初回松江工作，从医院的一个普通职工做起，凭借自己的努力工作和聪明才智，曾先后担任松江中心医院副院长和松江卫生局副局长。徐大哥为人稳重，聪明睿智，心地善良，古道热肠，十分重感情，多年来热心帮助邻居毫无怨言，深得邻里赞扬。徐大哥儿子大学毕业后就业于上海市区，事业上顺风顺水，还担任了领导。徐大哥儿子结婚后有了孩子，可怜天下父母心，当了爷爷奶奶的徐大哥夫妇退休后前往市区儿子家中帮助照顾孩子，一为儿子儿媳分担家务，二为享受三代同堂的天伦之乐。如今徐大哥已年届八旬，衷心希望徐大哥身体健康，平安快乐。

松江自古为经济重镇，经济、文化和交通都比较发达，很多松江人擅长经商。同学阿泉的父母解放前就熟谙经商之道，有商人的头脑和眼光，善于抓住商机。改革开放后在父母的带领下，阿泉与妻子就开始做生意，他们用自己的一间房子与人家在学校旁边的一间街面房子对调，在学校旁边摆了个摊位经营文具及小商品。因为阿泉既有商人的精明，也有做人的真诚，童叟无欺，加上位置好，生意一直不错。

有道是，是金子总会发光的，有头脑、有思路的人没了职业，就自己创业。街坊阿堂高中毕业后一直在工厂工作，由于表现好，曾任工厂中层领导多年。20世纪90年代中期他所在的工厂不景气，为解决厂里的困难，他带头第一个向厂领导提出下岗。下岗后自己创业，在老街旁的小街上经营了一家粮油小商店，凭借他自己多年的工作经验及待人接物的真诚热情，将小商店经营得很红火。他为人忠厚，以诚为本，薄利多销。尽管他的小店也遭遇了附近菜场关门及周边老公房拆迁居民搬走的危机，但是凭借他经商以来靠优质服务积攒下来的人脉和良好的口碑，不少已经搬走多年的老街坊宁愿多赶一段路，仍会到阿堂的粮油店去买米买油。对于一些年老体弱的顾客，不管路远路近，风霜雪雨，只要一个电话打过来，阿堂就会送货上门。如今阿堂的粮油小商店还在，但小商店所在的小街也已列入拆迁，也许在不久的将来，我们一觉醒来，阿堂的粮油小商店关门了，但我希望这一天来得越晚越好。

一段老街是一个社会的缩影，我虽然早已居住在新城区，但还会经常到老街上转转，感受老街改造后的风情，感受这些老街坊身上散发出来的人性之美。这种美如同一朵朵鲜花，无声地散发着醉人的幽香。

老街就像一个大舞台，老街坊们就是一个个本色演员，演的既有喜剧，也有悲剧。记得在半个世纪前，有位街坊邻居，男人在一家企业工作，女人没有工作。结婚后生了个女儿，全家人就靠男人那一点微薄的工资生活，经常入不敷出。后来又生了个儿子，生活实在维持不下去，只得忍痛把儿子送人，这骨肉分离真是人间悲剧。改革开放后，国家经济大发展，他们的生活条件也比以前不知好了多少，儿子却再也找不回来了。这对夫妻心里的痛，真是无法用语言表达，这是他们一辈子的痛，好在这样的悲剧再也不会发生了。

时光如水，静静地在岁月的长河里奔流，让人不禁叹息光阴之迅疾。转眼间西段老街已经拆迁和改造快20年了，可我还是很怀念这些老街坊。

胡志娟

赏 鸟

　　每天清晨，我在鸟儿的啁啾声中醒来，鸟声清脆婉转，充满活力，听之悦耳清心，仿佛年轻了许多。

　　闲暇时，我喜欢坐在小区弧形长廊里，欣赏鸟语花香。被誉为天然氧吧的长廊，三面被冬青树、松树、银杏树、桂花树、枇杷树和柚子树覆盖着，郁郁葱葱。还有不少木本、藤本和草本花卉与之呼应，前面则是一大片开阔的草坪。梅花、玉兰花谢幕了，接下来是樱花、海棠、杜鹃、月季、牡丹、芍药、紫藤、凌霄花等粉墨登场，争相斗艳。引得蜂飞蝶舞、百鸟啁啾，一派生机勃勃的景象。

　　鸟语虽简短各异，但独特而浪漫。只见鸟儿们在绿意盎然的枝头上和花丛间，欢快地跳跃着，用叽叽、喳喳、啾啾、唧嘎、啁啾、咕咕等好几种不同的语言谱写着一首首歌，往往是一只鸟先领唱，另一只轻声附和，然后鸦雀无声。不一会儿，又听到麻雀在啁啾，燕子在呢喃。鸟声此起彼伏，时而舒缓，时而高亢，缠绵不断，犹如倾听古琴曲《空山鸟语》一样妙不可言。那自然的吟唱，就像涓涓小溪，从我的心底滑过，柔柔的，带着丝丝甜意。

　　那些在草坪上欢快舞动的小鸟，有些我叫得出它们的名字，如麻雀、黄鹂、白头翁、喜鹊、戴胜、画眉、鸽子、鹌鹑、燕子，更多的则不知其名。鸟儿身上的羽毛颜色，既有黑、白、灰的，也有色彩斑斓的。那些彩色的小鸟，就像被几种颜色调和在了一起，你中有我，我中有你。比如戴胜，那迷人的羽毛和伞形羽冠，漂亮极了，让我不由得对它刮目相看。那种大自然赋予鸟儿们的美丽和它们动听的鸟语，时常让我感慨：自然的即是最真实的，是人工雕琢所不能替代的。

在众多的鸟类中，我特别喜欢白鹭。喜欢它修长的体态、洁白的羽毛，以及弯曲漂亮的脖子。在波光粼粼的小河浅水边，在水和草、花儿与垂柳之间的天空下，我经常看见白鹭成双结对，在河滩浅水处寻寻觅觅，那细长的双腿踩在清澈的水面上，尖而长的嘴在水里欢快地觅食，时而嬉戏，时而翩翩起舞，那洁白起伏的舞姿倒映在水中，就像一朵朵白色的浪花，一波又一波地涌上来，优美而富有诗意。白鹭还时不时地发出类似小鸭子叫的嘎嘎声。虽然它的鸣叫声不及黄鹂动听，也比不上喜鹊甜美，但是我偏爱白鹭。因为它不仅仅象征着纯洁与高雅，而是让我找到了杜甫笔下"一行白鹭上青天"的意境。还有白鹭"人来鸟不惊"的淡定，以及人类为它们营造的良好栖息环境，都让我啧啧称道。身临其境，内心会感到格外宁静。

有人说"鸟语是乡愁的寄托"，对这句话我深有同感。几十年前，我在第二故乡上饶工作，春天到了，漫山遍野盛开着映山红。走进大山深处，见一泓溪水，时断时续，从山涧石缝中流出，发出泉水叮咚的响声。空山幽谷之间，鸟儿们在石头上和树丛中雀跃着、吟唱着，排着波浪形或伞形的队伍，倏忽飞过来又倏忽飞出去，像一曲余音袅袅的箫声，在山谷里回荡着，给人以空灵之感。燕子的呢喃细语，如小提琴般的旋律，轻柔而悠扬；布谷鸟发出布谷布谷的叫声，向人们传递着春的信息；山雀，则呼朋唤友，聚集在树林里举办音乐会；到了晚上，夜莺登场了，其歌声高亢明亮，婉转动人，仿佛是天籁之音。那种幽谷听鸟鸣的乐趣，让我至今难忘。

鸟儿是自由的，它还有灵性。但是我真正理解了这句话的含义，还有一段小插曲呢。那天，我拆洗纱窗时，不经意间，一只不知其名的小鸟飞进了阳台。我赶紧关窗，买了一只鸟笼把它圈养起来。鸟儿虽然不愁吃喝，也会跳跃和鸣叫，可是我发现笼中之鸟并不快乐，那种跳跃和鸣叫声，好像在抗议我囚住了它的天性。而窗外，有一只和它长得一模一样、比它稍大一点的鸟，每天隔窗守望着，叽叽喳喳地叫着。说不定是鸟儿的妈妈来找孩子呢，我这样想的时候，心猛然颤抖了一下，情不自禁地打开鸟笼将它放飞。没想到，这两只鸟儿飞走了又折回来，在我的窗前盘旋了好几圈，仿佛在答谢我让它重返自然，然后欢快地唱着歌，瞬间飞得无影无踪。这让我心生感慨：原来人与鸟儿之间是有共鸣的，原来鸟儿也有一颗感恩的心。鸟儿需要人类呵护，需要在蓝天白云下自由飞翔，而人类也不能没有小鸟。

　　看鸟飞、观鸟嬉、听鸟鸣、闻花香，既愉悦了身心，也丰富了我花鸟画的素材。我常常遐想，在故乡的竹林里，一缕金色的阳光洒在里面，竹影婆娑间，几只麻雀穿梭其中，叽叽喳喳地向人们竹报平安。红梅傲雪，喜鹊登梅，被视作吉祥，意为喜上眉梢。荷塘里，一只翠鸟站在莲蓬上，荷叶下面有两只白鹭，一只白鹭仰天放歌，用嘎嘎声吸引更多的伙伴，另一只则低头觅食……

　　鸟儿属于天空，需要树木和绿地。我们应该多种树，营造人与鸟儿共同的家园，让更多的小鸟飞进小区，飞进公园，飞进城市的每个地方。我们就会在"处处闻啼鸟"中迎接新的一天的到来。人鸟和谐共处，岂不乐哉？！

何伟康

面拖蟹

清代文学家李渔在《蟹赋》中说："天下食物之美，莫过于螃蟹者乎？"

西风响，蟹脚痒。每年桂花飘香、菊花斗艳的季节，螃蟹们又纷纷动身起程了，向着那生它养它的长江口奔腾而去，年复一年源源不断地为人们提供喜爱的食材。说起那青背、白肚、黄毛、金爪、体壮的大闸蟹，是江鲜浓郁味道独特、肉质鲜美富有弹性、野性十足又营养丰富的佳肴。

蟹的食法通常有蒸、煮、炒、醉、糟等，各有千秋，我却特别喜爱面拖蟹。小时候，家住泖田东隅，河网交错，蟹十分普通，也不值钱。到泖田耘稻，稻勒里能捉到蟹，放在扎紧的裤管里；到河浜拖网会捕到许多蟹；到河岸边看到蟹洞，用铁铲能掘到蟹；最有意思的是看到沟渠有蟹洞，就地取材，拉把青草打个结，堵塞洞口糊上烂泥，半小时后将草秸轻轻拔出，由于缺氧蟹已有气无力爬在洞口，乖乖就擒……

我父亲是烧面拖蟹的行家里手。印象中烧面拖蟹用料很简单，螃蟹、面粉、毛豆，烧法不复杂，关键是糊面时放入少许盐，面糊得均匀稀稠。先把捉来的蟹汏干净后浸在米泔水里，捞出来后将蟹腹部的肚斗状排泄物摘除，连盖一刀两断，逐个将蟹的切面蘸上面糊，防止蟹黄流出和裹住肉汁的鲜嫩。随后用手将切面朝下放入油锅，同时放入葱姜等去腥驱寒的佐料，一起煎炒。待炒到七八分熟蟹壳呈微红色时加水，淹过蟹的一大半，最后放入新鲜的毛豆，放盐后用小火继续烧。等到蟹壳通红就将预先备好的面糊倒入镬内，不断搅拌，直到汤汁变稠为止，尝一下咸淡，此时此刻完全不需要味精吊鲜，吃了后鲜得来连眉毛都落忒。

父亲将烧好的面拖蟹用大碗盛出来，满屋香味，久久不散。碧绿的毛豆似翡翠，大红的蟹在姜黄色的面糊中格外醒目。通常是先吃面糊，待饭菜吃得差不多了再吃蟹。我是不管三七二十一，眼睛像闪电，喉咙像竹管，抓住半只蟹先舔掉面糊，打开蟹盖吃了一只又一只，直到碗底舔得精光锃亮才放手。其间，我还出去滚铁环，等我回来就会看到饭桌碗中多出蟹肉，原来是父母边吃边剔出蟹脚、螯的肉留给我。我又心安理得地"大扫荡"一番，抹抹嘴巴又去打棱角了。

想起面拖蟹，时常垂涎欲滴。尽管现在天天似过年，饭桌上佳肴丰富，但是儿时面拖蟹的味道，实在刻骨铭心，让人难以忘怀。同时，面拖蟹也饱含着父母对子女深深的爱和浓浓的情！

俞富章

走进春晖文化名人旧居

　　每次到上虞，总会想到春晖中学，但一直没机缘走近它。

　　这次到上虞，在上虞朋友娄总夫妇的带领下，终于有机会去了慕名已久的春晖中学。

　　春晖中学是浙江省重点中学，同时也是一所百年名校，坐落于白马湖畔、象山之麓。

　　春晖中学的老校门前，有一条从白马湖流淌过来的小河，小河上架了一座桥，叫春晖桥。

　　我站在桥上，看向春晖中学，向其投去敬仰的目光！

　　春晖桥的一边是一排春晖文化名人旧居，这是春晖中学的宝贵财富，也是春晖中学的历史博物馆。一所中学，能够拥有那么多名人旧居，连我这个局外人都打心眼里羡慕！

　　这些建筑都是白墙黛瓦、木门木窗，散发着浓郁的江南水乡气息及深厚的文化底蕴。我是怀着崇敬的心情走进大师们的旧居的。

　　首先走进的是晚晴山房。晚晴山房始建于1928年，原址在春社西侧半山坡。1932年以前，弘一法师多次临白马湖居此。抗战期间山房被毁，如今看到的晚晴山房是1994年上虞弘一法师研究会募款易地重建的。走进院子，是一尊弘一法师雕像。前不久我才去过平湖李叔同纪念馆，半个月内两度见到弘一法师，令我欣喜。

"长亭外，古道边，芳草碧连天……"这首歌的歌词由弘一法师所写，来到晚晴山房才知道它成了春晖中学的毕业歌。

接下来是小杨柳屋。小杨柳屋建于 1923 年，系当年春晖中学的教工宿舍，因丰子恺先生当年到春晖中学执教时也居住于此，并因其散文名篇《小杨柳屋》而得名。《小杨柳屋》有一段记录了该屋的来历："昔年我住在白马湖上，看见人们在湖边种柳，我向他们讨了一小株，种在寓屋的墙角里。因此给这屋取名为小杨柳屋，因此常取见惯的杨柳为画材，因此就有人说我喜欢杨柳，因此我自己似觉与杨柳有缘。"如今小杨柳屋是丰子恺先生陈列室。也是在前不久，我才去过桐乡市石门镇丰子恺先生纪念馆，《松江报》还发表我的散文《人生短，艺术长——参观丰子恺纪念馆小记》，这次再见，分外亲切。

这间小屋还有一个名字，叫蓼花居。1926 年暑假，音乐教育家、中国美学奠基人之一的吴梦非和夫人王元振由宁波去杭州避暑，住了一段时间后便准备返回宁波。回的那一天，吴梦非对王元振说，白马湖是个不错的地方，顺便去看看怎样，王元振愉快地答应了。一到白马湖，王元振就被眼前的美景吸引住了，当时吴梦非夫妇就暂住在小杨柳屋。小杨柳屋环境幽绝，特别是那四周的蓼花，盛开时高过人头，这对于又名蓼秋的王元振来说，仿若找到了梦中仙境，产生有缘千里来相会的感觉。于是她和丈夫商量，决定把原来安在宁波的家搬到白马湖。从决定到行动，不出 10 天，新家便搬迁完毕，他们又决定将昔日的小杨柳屋改名蓼花居。

从小杨柳屋出来，我们来到朱自清旧居。1924 年 3 月，朱自清先生应聘任春晖中学国文教师，10 月携家眷至白马湖，借平屋西侧 3 间做居室。课余，他常与夏丏尊、丰子恺等小聚，切磋文艺，恳谈人生。"今天是个下雨的日子。这使我想起了白马湖，因为我第一回到白马湖，正是微风飘萧的春日。"这是朱自清散文《白马湖》的开篇。我是在"微风飘萧"的秋日第一次到白马湖，也是第一次读《白马湖》，感觉却似曾相识，久别重逢。

最后走进的是平屋。这里是著名教育家、文学家、出版家夏丏尊先生的故居，1922年建成。平屋的院子里，有一尊夏丏尊先生的坐像。取名平屋，不仅因为是平房，而且还寄寓了平凡、平淡之意。在平屋小后轩里，夏先生写下了许多散文，后集为《平屋杂文》。他还翻译了《爱的教育》。

从平屋出来，我走到白马湖边，看着碧波荡漾的湖面，湖岸边的杨柳，湖对岸的春晖中学新校区，心中感慨万千。走在大师走过的路上，欣赏着大师们看过的景物，呼吸着大师们呼吸过的气息，赏读着大师们留下的诗画美文，这是一件多么美好的事情啊！春晖中学留下好手笔，不仅留下了文化名人的旧居，而且留下了文化大师的精神！

这里没有喧闹的声音，也没有摩肩接踵的人流，有的是宁静的自然与氛围。在这里走一走，人的心灵在得到宁静的同时，收获的是春风轻拂和春雨滋润……

李宗贤

史前情怀

央视 13 套午间全国主要城市天气预报的背景音乐让我感觉是又一支天籁之音，据说取自罐头音乐。这档天气预报只有半分多钟时间，但其背景音乐就如同老熟人般直入我的耳廓，我立刻被深深吸引，陷入恒久的感动。

小制作分明蕴含着大气象。我在网上查询，希望找到这支乐曲的曲名和曲作者。我最终没能查出曲作者，只是查到曲子的形式名称 full version。这显然是一支无标题音乐小品，full version 只是借用来指代这支乐曲，完全不能揭示乐曲的情思，所以它只是个形式名称。百度除了告诉我罐头音乐这个概念外，就再也提供不了其他线索了。我当然追根究底查了罐头音乐这个概念，说是指一种做商业用的制作音乐（Production Music），翻译成罐头音乐是网络的刻意，意思是随性取用。查询结果让我在理解上陷入迷糊，所有的音乐都是制作的，都可以根据需要随性取用，罐头音乐这个概念还有另外的含义吗？

我当然没有在徒有其名的概念上纠缠不清，我只要输入"full version"，找出这支音乐然后沉醉其中就心满意足了。我说 full version 是天籁之音，是因为它虽是人类创作，却令人惊讶地准确表达着史前情怀，它的旋律几乎是地球史与生俱来的精神形态，表达着一种人间情思难臻之境界。我也爱听央视 1 套晚间的天气预报背景音乐——浦琦璋的电声合成改编曲《渔舟唱晚》，此曲已让我心在无冲突境界里享受恬静愉悦，在王国维无我之境的湖光山色中尽享片刻陶醉，但愉悦和陶醉都纯属人类的情感体验，在冥古宙、显生宙、元古宙那空无生灵的古老地球想来不免有些莫名其妙。full version 令我初听其音之玄，便有浩瀚博大超越人间情思的感觉。我听到了天云翻滚、罡风激荡、海水奔涌、地火四突、山似笋出、熔岩丘伏、枯树哲立。这是宇宙星云的大气象、大景观、大境界、大胸怀，要写出这样的乐曲，岂止得有道骨佛心，更要有真正的史前情怀才使得。我这里所说的"史前情怀"，当然是特指人类出现以前地球自身纯自然环境的情怀。

每次聆听 full version，我便"荡胸生曾云"般化入旷远无边的情怀，心便不由自主地脱离肉身，飞向蛮荒广漠、阒无人声的人类史前时空。这时皮相的我大约会状若呆傻，因为我的灵魂已去史前痴迷漫游。我承认我的性格喜好沉于遐想：铁马西风塞北，杏花春雨江南；伽月琴幸福激荡的海澜江边，达甫鼓热烈敲响的天山南北，芦笛欢快吹奏的槟榔树下，马头琴深情回响的内蒙古草原。古今经典描述的人类生活的迷幻空间确实也经典地存放着我的人间情思，使我意绪有寄托，心头得滋润，但仅止于此总不免狭隘。人类的表达难免囿于自身的经验，自足于津津乐道、家长里短、恩怨是非，这些信誓旦旦的内容在纯自然环境的史前时空里显得虚若无有。文字自是一开始就浸透了人类情怀，较难去俗，所谓论到人间是非处，清奇格调亦凡俗。像吴均《与朱元思书》这样格调清奇称绝的至文，准定会呐喊出"望峰息心""窥谷忘返"这样超拔尘俗、不食人间烟火的本愿，却未始不提示着俗世中芸芸众生艰于生计的各种挣扎。《高山流水》《春江花月夜》等古琴曲都想以化外之境寄方内情思，亦无非音乐版的吴均，终究算不上表达了史前情怀。

寄情山林、自守高洁，可称者道德也；穷通时空、感悟宇宙，可仰者哲心也。这个哲心可谓道德的极致，它不经意间彻底地渺小了人类不无卑琐的七情六欲。我自称有着史前情怀的基因，所以初听 full version 便心潮高涨如迎满月。我惊讶于其天籁般的旋律如此准确地表达着史前情怀，以至于后来我每次沉入冥想寻求史前情怀的深切抚慰时，耳畔便早已回响起这支深邃浩瀚、苍茫博大的音乐旋律。在这潮涌波荡般的旋律里，我的心胸陡然也浩瀚到以 46 亿年地球史 4 宙 14 代 23 纪 38 世 102 期做分母，一种令人泪目的情怀瞬间越过原本看来十分古老漫长，其实只是地球史百万分之一时间位置的全上古三代、秦汉、三国两晋南北朝、唐宋、元明清这样的人类文明史，向着人迹不存的地球史深处飞行。

常虹

旅　途

　　年轻的时候，出门喜欢乘飞机，一来旅途占用时间少，很快便可直达目的地；二来坐上飞机感觉人好像插上了天使的翅膀，腾云驾雾，遨游在蓝天白云里，那兴奋、满足，感觉惬意极了！可随着年龄的增长，慢慢地我更喜欢坐火车了。坐火车吧，可以从容地欣赏窗外的美景，优哉游哉，有时邂逅健谈的邻座，彼此都兴奋地聊着，谈天说地，东南西北，也是一路的说话伴儿，旅途便不再寂寞。

　　记得那天阳光灿烂，天蔚蓝。那是在去上海的途中，在火车的卧铺车厢里，刚上车不久，我发现手机快没电了，心里懊恼地想着平时都是提前备好的，偏偏这次……就脱口而出道："手机忘带充电器了？"话音刚落，邻铺一位干练的中年男士说："我带了充电宝，你先用吧。"我连连说道："谢谢，太感谢您了！"心里想，真是雪中送炭呀！说着、聊着，忽然就接到我一个表妹打来的电话，其中就说到了她推荐给我的一本书还没买到，有些遗憾。打算这次到上海后，一定要去大书店看看。通话结束后，邻铺的一个小伙子说："阿姨，这本书我有。"紧接着，他就把这本书递给了我，我高兴地说："谢谢！真是太好了！"之后便捧着书，不再说话，一直读到临近第二天中午。这时火车已到苏州站，再过40分钟就到上海了，但书还没看完。我又很喜欢这本书，忽然闪过一个念头，能不能把这本书买下来，即使多付钱也行。于是，我就对小伙子说："小伙子，我想和您商量一下，能不能把这本书卖给我？我确实非常喜欢，我愿意多付钱给您。您看，好吗？"小伙子看着我真诚渴盼的样子，犹像了一下说："那好吧。"我一边连连说着"谢谢！谢谢"，一边把钱给了他，生怕他后悔了不再卖给我。没想到他收钱之后又退回了我一些钱，我一再坚持按原价，他坚决不肯多收一分钱，只按原书价的一半，这让我很是吃惊！他又说，他是在学校图书馆买的，对学生有优惠，我一个劲地说着"真的太感谢您了"。

事情虽然已经过去好些日子了，但是仿佛就像在昨天发生一样。至今，那个小伙子真诚淳朴的样子，依然清晰地浮现在我的脑海里……

瞻仰丰子恺

这是一个好日子，这是一次难忘的采风之旅！随作协的老师们赴浙江桐乡乌镇等地参观学习。

首站，我们来到了丰子恺的故乡，在桐乡市石门镇参观了丰子恺故居和漫画馆，在这里了解了先生的生平事迹和大量经典的美术作品。欣赏着一幅幅散发着浓郁生活气息的漫画，让人深刻感受到了先生真诚、慈悲、深广的艺术情怀及非凡的艺术才华。画风简约却不简单，极富哲理，耐人寻味。

喜欢先生以漫画的形式描绘大千世界丰富多彩的生活，喜欢先生用简单易懂的线条刻画千姿百态的人生。每一幅漫画都是一首诗，诗中有画，画中有诗；每一个人物都栩栩如生，活泼亲切有趣。如漫画一，画面中两个大人坐在桌前喜笑颜开，推杯换盏，旁边一个生炉子烧水的小女孩在使劲吹火。一只小猫似乎被主人欢乐的气氛感染，蹲在窗台上纹丝不动地望着主人。一个极普通的生活场景在先生的笔下真是妙不可言，正如画中所题"草草杯盘供语笑，昏昏灯火话平生"。

漫画二，画面中一位戴着眼镜的先生正聚精会神地看报纸，两只小猫欢喜地爬在读书人的脚面上，可爱有趣。寥寥数笔，浓郁的生活气息让你感到亲切，仿佛你就是画中的那位读报人。

漫画三，画面中一个大人牵着小孩望山看景，小草迫不及待地泛着青绿，河边的梅花灼灼绽放，屋后枝繁叶茂。家中妇人探身窗外，画中人物虽没有清晰的轮廓，但你已清晰地感受到了画中人在干什么，面部表情是悲是喜。整个画面所费笔墨不多，但乡野早春的气息已扑面而来。当然了，也不乏多场景、多人物的构图。先生用质朴简约的手法，写尽人生百态，打动读者的心灵。泰戈尔这样评价道："丰子恺用寥寥几笔写出人物的个性，艺术最高的境界也就是这样。"

一个多小时的参观很快就结束了，可大家还是意犹未尽，沉浸在美的氛围中流连忘返，簇拥在一代大师的雕像旁合影留念。随后，我们又向第二个目标乌镇出发了……

坐在车上，我还在回味那一幅幅美图，惊叹一代大师非凡的艺术才华。展馆前言还历历浮现在我脑海中："丰子恺多才多艺，他于漫画、散文、翻译、艺术教育、装帧、书法等方面都有杰出的成就与贡献。丰子恺的漫画最为世人所推崇，他笔下的世界，可说是一视同仁的世界，平等的世界。深厚广博的人文修养，对于世间一切事物都给以热诚的同情，他与所描写的对象共鸣共感，共悲共喜。"忽然，我想到了当下最流行的爆款价值观——向世界表达善意，这也正是我们所追求的！

周平

旅途尴尬有趣事

外出旅游虽是乐事，但途中不免会碰上一些尴尬，而这种尴尬或许又会让人感到有趣。有一次与一帮新朋老友滇桂黔游玩中，就遇到了这样的二三事。

这天中午，前往午餐点时，导游许姐在车上宣布：各位老师这几天够辛苦了，今天午餐，让店老板加了只"大菜"——整鸡煲汤。

几天来菜势忽好忽差味蕾正乏的我等，一听这好消息，当然满心欢喜。吃饭时，随着这菜那肴一道道上桌之后，"大菜"果然隆重登场！平时一直被2号桌贬为战斗力甚差的我们这1号桌，这次表现可不一般：验证了的确是整鸡后，赶紧让店家分解了再上桌的鸡块，瞬间就没几块了；那满满一大盆的鸡汤，更让品鉴的各位啧啧称赞……其间，另一包间的2号桌，先是甲先生过来探头探脑，一开始我们倒也不以为然——因为这是行程中每一次进餐时2号桌的必然举动：查看我们消灭菜肴的进度，然后贬低我们的战斗力怎么怎么不行。但稍等片刻后，2号桌的乙先生又走了过来，这次不只是探头探脑了，而是一番左看右看后，喊道："咦，我们这鸡汤怎么左等右等就是等不来啊？"

啊！真的吗？习惯了2号桌虚虚实实战术的我们，都以为这两人又是开玩笑。等到闻此情况的许导去厨房一问，才知那盆鸡汤还真的是被服务员端到其他团队桌上去了，难怪2号桌要发急跳脚喽！这可真是叫人哭笑不得呢！

后来，听说厨房不仅补送了一碗"鸡汤"，还赠送了一份菜，不过那味道，嘿嘿，咱就自个儿去想象吧……

另一顿午餐，可能是着急出发吧，有几个菜实在来不及吃，剩得较多。谁让我等是"光盘光荣"一族呢，当然得打包带上车，预备着晚餐享用。

也是蹊跷，那天经过近4小时的车程，好不容易下了高速公路，可这景点貌似与我们玩起了捉迷藏，尽管司机、地陪都打开了"陶阿姨"（导航仪），但车子在景点区域里，不是拐进了岔路须倒车，就是听从导航指挥一个劲地绕圈，直到我等快要忍不住骂娘了，才总算到了景点。为了赶上很快就要落日的时光，地陪特地喊了两辆马车，载上我们急急忙忙穿过五六百米的青石道板，迅速到达了那要爬的顶峰脚下。

落日欣赏、拍摄得甚为满足，心情大好。于是，大伙儿晚餐时老酒就咪得更尽情了。差不多时，突然想起那打包的菜肴还在停车场上的车上呢，便烦劳司机、导游去帮着拿来。按说，这五六百米的路，一个来回也用不了多少时间呀。可是，我们等了大半个小时，就是等不来他们。

正在疑惑之时，突见一个男子拎着两袋东西，低着头急匆匆地闯进店堂。"噢，来了，来了！"我等情不自禁欢呼起来。那男子听见欢呼声，抬起头看看我们，却是一脸的惊愕。啊呀，只怪我等盼望心切，居然"认着胡子就是爷"，他可不是我们要等的司机呀！那男子这时也满是尴尬："是呀，我想你们怎么这么热情啊！"

这下，尴尬的就不只是他了。

晚餐隆重收场，团队一伙便笃笃悠悠漫步于小镇青石板小路往外走向停车场。没走多久，穿过一条小巷，忽然前面一处光影之景让我的眼睛禁不住为之一亮：虚掩大门的一间老屋里，往外投射出一道由细而粗边缘朦胧的灯光；门侧阴暗处，一位大叔模样的人正站在那儿，嘴角边一红色亮点忽闪忽闪，给他的脸庞微微打上了一抹光……好一幅人文风俗画！我忙不迭端起相机，对焦、测光、构图，憋住气息，刚要按下快门，突然灯光大亮，面前顿时变得一览无余。原来，好心的大叔看见我在拍照，担心光线忒暗，顺手就打开了门框上方的灯……唉，此刻，我这摄影迷，除了哭笑不得的分儿，还能有什么呢？

回程中，幸得团长恩惠，又幸逢团中两位阿哥阿姐庆生，所以我等的喝酒次数还真不算少。那天晚餐又喝上了，几位喝白酒的面前照例放上了分酒器和云吞杯，不多久气氛便到了推杯换盏的阶段。觥筹交错间，老谢乙忽然发现自己的分酒器与老谢甲的分酒器有情况，粗看大小几乎一样，但放在一起一比，就比出大小了，而且这大小还不是一点点可忽略不计的那种。"原来这分酒器也有大小之诈啊！"至于这诈究竟是何人所为，又是否有意为之，这我等就不去追究喽……

许平

去采石矶看李白

那个冬日，落幕时分，采石矶。

空气极好，没有市声。有风儿吹拂，还有长江在吟诗。

远景一张，转发文友，注文："采石矶很诗意，李白在这儿很诗意地活过。"

接着就想到了李白好月：存诗 1000 首，400 首写到月。

其实入仕才是他的第一目标，"安社稷，济天下"才是他最大的愿望。可是现实很骨感：书剑飘零，仕途蹭蹬。

说李白通透，是文人的同感。可是真正通透的人，还需要月下表达苦闷和忧愁吗？有人说，李白的心态是矛盾的。他申管晏之谈，谋帝王之术，愿意成为顾命大臣，助天下安定，国家统一，可他又蔑视皇权不攀豪门；他神驰仕途，却又意气飞扬、桀骜不驯，"天子呼来不上船"。玄宗疏之，王室远之，这就注定了他在朝廷不会受到重用。他不适合官场。他胜任不了重臣。他也成不了逆行者。"安能摧眉折腰事权贵，使我不得开心颜！"他只能当诗人。政治这玩意儿，他内卷不了。

奈何这人生不称意，李白散发弄扁舟。兜兜转转，最终又来到了皖南。玩了桃花潭，看了敬亭山，最后来采石矶捉月了。

他写给采石矶很多句子："牛渚西江夜，青天无片云。""绝壁临巨川，连峰势相向。乱石流浕间，回波自成浪。""海潮南去过浔阳，牛渚由来险马当。横江欲渡风波恶，一水牵愁万里长。"

然后呢？

那夜采石矶皓月当空，李白泛舟赏月，尽酌金樽，醉醺醺兮，见明月潜水，似乎触手可及，便倾身而出，不料舟翻入水……

这天我在采石矶，太阳下山月亮还没露脸，李白还隐在山水之间。遥想1260多年前，感觉采石矶下的长江就像大唐的诗篇，汪洋，浩瀚，泽被文人千秋情。便就有了相见恨晚感，便就料定以后的梦里，会有采石矶。

不远处是太白楼、谪仙楼，还有捉月台。

太白楼是一定要去的。我得去问问太白先生：为什么是采石矶？

李白那会儿，采石矶叫牛渚矶。居高临下，南望天门中断，北眺绝壁巨川，余秋雨先生说"长江流到这里，足以证明自己具有世间一流的文化品相"，敢情是李白预设了采石矶的大气象。李白喜欢谁？"中间小谢又清发"，谢朓算一个；"谁念北楼上，临风怀谢公"，他看了谢朓故宅的大青山，就有了想法要与谢朓为邻。再有，东晋镇西大将军谢尚、采石矶下识得船夫袁宏的美谈，也动了李白的心，他用一句"登舟望秋月，空忆谢将军"，铺垫了他终老于采石矶的选择。更有当涂那位县令李阳冰，文好品好，李白不疑，写下《献从叔当涂宰阳冰》将心交之，世人因而有幸，《草堂集序》千余首，让李白一路活过来，叫文人一路追过来。

项斯、白居易、杜荀鹤、曾巩、晁补之、陆游、梅之焕："夜郎归未老，醉死此江边。葬阙官家礼，诗残乐府篇。""采石江边李白坟，绕田无限草连云。可怜荒垄穷泉骨，曾有惊天动地文。""何为先生死，先生道日新。青山明月夜，千古一诗人。""顾我自惭才力薄，欲将何物吊前贤？""载酒五湖狂到死，只今天地不能藏。""骏马名姬如昨日，断碑乔木不知年。浮生今古同归此，回首桓公亦故阡。""采石江边一堆土，李白之名高千古。"……只是这样的诗句，常常才读两行，就感觉很悲哀。

距离太白楼不远，是草圣林散之先生的墓地。也想去弄个明白：江上老人到底有多景仰捉月诗人，非要"归宿之期愿与李白为邻"？

天色向晚，长江依旧在吟诗。一只鸟儿在闲庭信步，从这头走到那头，像绵长岁月里的逗号。风儿也从这头吹到那头，带着苍茫万古意，恍若与大唐相遇，感觉我和鸟儿都吹着李白吹过的风儿。

我得告诉李白一件事："床前明月光，疑是地上霜"，我童年就读到，读到就喜欢；长大后想起却愕然，"举头望明月，低头思故乡"，垂髫之年我能懂诗人的心绪？存疑半个世纪，这天这刻明白了：这世上，李白能打动所有人。

暮色更浓了，采石矶墨分五色浅显地成了一幅画。晚潮声声，声声入心。鸟儿什么时候飞走的？抬头向空中望去，看见李白的身影在历史的苍穹上若隐若现，渐行渐近渐真切。见诗仙，酒是一定要备的，也该醉上一回的。存天地之思，抱家国之念，英雄气、大胸怀，1000 多年来，这样的称赞，有谁异议过？李白可以不朽，盛唐的键盘上，没有他的删除键。这么想着，就有了醉意。酒不醉人人自醉，难得的状态、极好的状态，人生能有一回，就可算是有幸了吧？

停键之际，想起上海市著名报人、作家萧丁先生，病重的日子里写下最后一篇文章，临了的告别语是"奉调去太白先生的太白楼工作了"。萧丁诗性人，说能去太白楼吟诗作画、犁纸裁文和举杯邀月，是机缘，也是青莲居士的眷顾。

便觉得：去采石矶看李白，不也是一种福分？

李仙莲

怀 念

世界上最爱我的那个男人，走了；那个可以为我无条件付出的男人，真的走了；那个一见我回家就欢天喜地的男人，再也见不到了……

2024 年 4 月 10 日，是个悲伤的日子！

也许在旁人看来，老父亲 93 岁仙逝，是福气，是喜丧，但我还是无法接受他的离开！老父亲走后的这 3 个月里，我抬头看天会想起他，我跟月亮说，我跟星星说，我跟云朵说，我真的很想他；我低头走路会想起他，看见蝴蝶，看见蜜蜂，甚至看见苍蝇，我都觉得那是老父亲的化身，那么亲切，那么有灵性，我不忍驱赶，默默目送，我真的很爱他。我终于体会到了什么叫"怀念"——无论何时何地，猛然想起，顿时泪如泉涌，甚至号啕大哭，往事再现，就像放电影一样，一幕一幕，不能自已……

1980 年冬天，我在义师求学。有一次父亲去福州探望远嫁的姐姐，返程时特意绕道义乌来看我，问我需要添点什么。我想买件棉毛衫，父亲就陪我上街挑了一件粉底小碎花的棉毛衫，花了 2.5 元。事后我才知道当时父亲身上总共只有 5 元，买完棉毛衫后就仅够买一张长途汽车票了，到了县城只能步行 3 个多小时回家。每当想起这件事，我都很自责。

1981 年 7 月，我师范毕业了。入职第一天，父亲和妹妹一起骑自行车送我去 60 里外的武义县芦北乡中心学校。父亲带着我的铺盖，妹妹驮着我，跋涉两个多小时才到学校，把我安顿好后，父亲和妹妹就回去了。我站在二楼宿舍的窗口，望着远去的父亲，泪眼婆娑……

1987 年春节前夕，我带着 4 岁的女儿回家过年，父亲得知外孙女还缺一双过年穿的新鞋后，第二天一大早就骑着自行车去了县城。那天，大雪纷飞，早晨的积雪已很厚，父亲顶着风雪回到家时，已是下午 4 点多，这来回 60 多里路，不知父亲摔了多少跤！此刻，想起父亲从挎包里拿出那双时尚的保暖军鞋的情形，我依然热泪盈眶！

父亲虽然平时不做饭，却有一手好厨艺。记得小时候的冬天特别冷，又没有棉衣御寒，所以每遇下雪天，大家就坐在被窝里取暖。这时，常常是父亲做好饭，送到床前，那是我们家最温馨的时刻。农历新年的第一顿早餐，常常是父亲做的盖浇面，浇头很丰富，有鸡胗、鸭胗、肉丝等，香喷喷的，十分诱人，再卧两个白煮蛋，那是我记忆中最好吃的面！

从小到大，不管我如何任性，父亲从未碰过我一根手指头。在那重男轻女的年代，即使生了 6 个女儿，父亲也从未觉得我们多余，从未剥夺每个女儿上学的权利，只是默默地承担起抚养的重任，起早贪黑，从不放过一个挣工分的机会。他总是那么积极乐观，从不怨天尤人。

我们各自成家后，父亲还是操心不已：哪个女儿生活上遇到困难，父亲就会召集其他姐妹伸出援手；哪个晚辈事业上需要帮助，父亲总会豁出老脸去寻求支持。在我们这个四十几口人的大家庭里，父亲是灵魂——父亲在，家就不会散！

父亲最看重的是他的共产党员身份。2021 年 6 月 28 日，68 年党龄的老父亲已经有几天卧床不起了，听说村镇干部送光荣在党 50 年纪念章来，一下就焕发了精神。当村干部为父亲挂上纪念章时，一向不喜欢拍照的父亲，竟然任由我摆布，脸上始终保持着灿烂的笑容，留下了一生中最美的一张照片。

母亲说，父亲在最后的日子里，只留下一句话："做好人！"这应该是父亲的肺腑之言，因为父亲一辈子都在做好人：开拖拉机跑运输时，路上看到乡亲，总会主动捎上人家；下乡的知青、返乡的右派，挣的工分不足以领到口粮，父亲也会帮忙协调解决，有时直接带回家吃上几天；迎亲的队伍里、出殡的人家里有他忙前忙后的身影，甚至还为人家入殓；父亲虽个子小，但在两村械斗中挺身而出，从挥舞的棍棒、锄头下救出了奄奄一息的公社武装部部长……也许父亲的字典里只有善没有恶，他不仅施恩不图报，即使对历次政治运动中迫害过他的人，也是以德报怨。在目送老父亲被推进火化炉的瞬间，我哭着喊道："爸，您别害怕，各路神灵一定会护佑您的！"是的，我坚信，一生行善的老父亲一定会得到神灵的护佑！

……

父亲去世后，我就这样沉浸在回忆中，时而笑，时而哭，永远无法释怀！

黄炜

沉睡的古镇甪钓湾

甪钓湾，对我来说并不陌生，从小就经常在大人们的嘴巴里听到这个名字，因为它是我们老家新浜的一个小集镇。

"甪钓湾"这3个字我现在写得很溜，但真正弄明白这3个字怎么写，也不是那么容易的。"甪"字有点生僻，除了苏州还有个甪直古镇外，几乎看不到这个字。"钓"字同音字多，不知道哪个是正牌。不要说小时候，很长一段时间我一直以为是"陆吊湾"。作为甪钓湾的同乡人，真的有点惭愧。其实，甪钓湾这个名字是有来历的。相传明中叶，江苏昆山有一隐士甪里先生，在南界泾和南湾港交汇处修筑钓台，以钓鱼娱乐，因此而得名。清光绪《重辑枫泾小志》载："六店湾镇属娄三保。一名甪钓湾，俗以为甪里先生垂钓地。"由此可知，"六店湾"是甪钓湾的曾用名。还有"甪吊湾"的说法，我猜想也许是"吊"比"钓"更好记好写些，且两字同音，所以就混为一谈，写成"甪吊湾"了。

甪钓湾是新浜的一个重要辅助集镇。新浜地处江南水乡，水系比较发达，虽养育了鱼米之乡，但也给老百姓的出行带来诸多不便。甪钓湾在新浜镇的最东北角，北面与石湖荡相邻，南依南湾港，东沿南界泾，处于两条大江（河）的交汇处，过河或者从西面沿沪杭铁路才能到新浜镇上，而且那里距离新浜里（新浜人对新浜集镇的称呼）有 5 公里的路程，对于居住在甬钓湾的人来说很不方便，所以这里很早就形成了一个小集镇。据史记载，甬钓湾集镇形成于明朝末期，至今已有四五百年的历史了，也算得上是古镇啦。

甬钓湾离我家比较远，再加上当时的交通十分不便，我们这边的人很少去甬钓湾，记忆中买氨水（一种农用肥料）或者染布要去甬钓湾，那里有个氨水站，还有比较出名的染坊。直到 20 世纪 80 年代初期，我参加工作后，因学校在甬钓湾设有初中部的分校，有时需要去那里参加教研活动或者交换监考之类的工作，那时才真正地走进了甬钓湾，对它有了直观的印象。

先说我亲眼所见的学校吧，眼前的这所中小学在一起的学校就建在原来天主教堂的旧址。据说甬钓湾曾经有两座教堂：一座耶稣堂和一座天主教堂。耶稣堂在现存的石牌坊北侧，天主教堂就是学校所在地。甬钓湾小学历史悠久，远近闻名。新浜学校的前身为光绪二十六年（1900）甬钓湾的一所私塾，1964 年迁址于新浜镇。解放后设立的甬钓湾小学即便后来作为村校也一直存在着，直至 20 世纪 90 年代。

再来看看我初见的甬钓湾小镇，一条小河把小镇分成南北二块，中间有石桥相连，南北各有一条约 300 米长、3 米宽的砖街贯穿全镇，很有江南水乡古香古色之特色。南街以民居为主，北街以商业为主，街两旁建筑大多为两层楼，楼上住人，楼下开店。茶馆、书场、肉店、点心店、豆腐摊、药店、粮店、卫生所、信用社、生产资料供应部等吃穿用的商店一应俱全，与当时的新浜里比，只是集镇规模稍微小了一点点。不过，最繁荣的时期也有五六十家商店呢。甬钓湾还有一个新浜里没有的客运小码头，可以停靠往来于松江县城和友谊大队之间的友谊班客运轮船。那个时候甬钓湾可谓"繁花似锦"。

然而，好景不长，曾经的繁花终因跟不上时代的节拍而凋零。20 世纪80年代后期起，因水运衰落，小镇渐趋萧条；90年代起，陆运完全取代水运；随着最后一家煤球店也被迫关闭，用钓湾小镇终究落幕退出了历史舞台。

三十年河东，三十年河西。30年过去了，乡村振兴的步伐把用钓湾带进了一个新时代。用钓湾犹如枯木逢春般又在慢慢发芽成长起来，通过还原历史和唤醒沉睡的业态，逐渐发展成为具有红色文化、餐饮文化和文人文化的古镇。茸城猫王工作室的入驻，让用钓湾慢慢苏醒，农家美食、字画古迹又现面目，值得好好品味一番。就在猫王工作室的对面，我的学生吴建东开了一家富有特色的农家乐，在那里可以品尝到"三当菜"（当地、当季、当天的菜）、"八大碗"（田螺、螺蛳、鱼、泥鳅、黄鳝、蟹、蟛蜞和水八样等）各种农村传统荤素菜肴。屋外墙壁上挂着的蓑衣和一艘载着白鹅的旧渔船模型还原了新浜作为江南水乡的捕鱼历史，屋内则摆放着收音机、旧杂志、织布机和土布等各色老物件。喜欢乡村生活的城里人也会来这里体验小镇生活，用钓湾慢慢地又开始热闹起来了。

虽然用钓湾古镇非常小，但是这里有悠久的历史，有深厚的文化底蕴。但愿随着乡村振兴的脚步，沉睡中的古镇用钓湾会被唤醒。

潘安农

年会中的哆啦 A 梦

区作协年会计划的会场因冲突，只好改在老图书馆。闲置待整修的老图书馆，会议厅只能以"勉强能用"来表述。而区作协的年会，有表演，要喜庆，要有点儿腔调，是要下功夫的。

会前一天，大家齐动手，桌子搬够，椅子凑齐，觅到几个会议话筒。我从家中拿来电脑，试着接线，投屏有了。又一顿捣鼓，声音有了，开个会可以了。但我们开的是年会啊，有文艺表演，有节目主持，捧个底座硕大且收声单薄的会议话筒，显得多么怪异而可怜。于是，我回家翻出藏了多年的话筒，接口不对；我又到自己单位，一个一个音控室找，也没有找到能接上的话筒。次日一早，我跑居委会，索性借了大妈们跳广播舞的移动音箱，插上自家的话筒，完美！

从会场后的仓库里掏出 8 只红灯笼，只是压扁了里面少了支撑，这许是其幸存下来的原因。诗人王迎高想出办法，从废物桶中翻到两根烧烤竹签，一撑，灯笼立刻有模有样了。只是竹签只有两根，一议，我们由竹签想到了竹子。借了把菜刀，砍根小竹，斫断，撑起，只只灯笼鲜活而灵动。王迎高登上高高的扶梯将这只只鲜红的灯笼悬上屋顶，会场也因这份鲜活灵动而喜气洋洋。为增新春气氛，我从家中带了福字和春联，一贴，喜上加喜了。只是家中对联上会场小了点，这时朵而说，我车上有大的，请书法家写的。取来，挂上，又一个完美！

不完美的是会场里码堆着占一面墙的书，一捆捆，因品种不同，显得杂乱。挪，太多且无处可放，又不能弄混；盖，没找到这么大的布。但作家在一起从来不缺发散思维，大家看到支灯笼的竹子，想到遮！是的，再去削几根翠竹，立于书堆前，以书为底，以竹为面，修竹掩卷，还整出点诗情画意来了。这在年会会场，何其应景，何其雅致，绝对完美！

年会日，王迎高带来了出版的第八本诗集《十鹿九回，一云间》。他依然一身工装，背了个大大的工具包，灯不亮了，修；桌子跛脚了，上手，桌子立马稳稳当当……

临开场，节目需要个话筒架，哪有现成的啊！我在会场后宝藏堆里掏到个测体温的架子，拧去体温仪，又觅到只话筒夹子，二者一嫁接，成了完美的话筒架。朵而看到我捣鼓说："你是哆啦A梦呀！"见我疑惑，她补道："就是那个随时能从百宝箱里捣鼓出各种道具的小精灵。"

补充一下，会场最终没用我借的音箱。陆群见到音箱说，她们单位有更好的，无线的。她马上打电话让同事从车墩送来，果然，音响又上了一个层次。

年会结束，许主席在工作群发："这个年会，大家出主意克服困难，开得成功。"是的，困难是不少，只是作协的哆啦A梦也不少，成功是必然的。

研讨继续

　　《小站与远方》钱明光作品研讨会举行，松江老中青三代作家分享着钱明光作品的"共情"和"代入感"，这是此书序者许平的评价，也是我早有的感受。研讨会上我没有发言，只是认真地听、仔细地记。发言的主要是两类80后：一类年龄80岁朝上者，满头银发泛着文学的晕晕，口吐莲花，字字珠玑，岁月的包浆润泽人心；一类是80年代后生人，文思如青春般茁壮，唇齿锦绣，生机勃发。我等"中间人"不约而同选择洗耳恭听，汲取着双面滋润，两边熨帖。

　　我没在会上研讨，其实关于钱明光作品的"研讨"在我家已长而久之。

　　长久以来，有一份报——《松江报》我期期不落，有一版必看——《华亭风》，有一类文章必读，如钱明光的文章：不装腔作势，不卖弄文采，不夸夸其谈，许多有关松江的文章，就是松江的"史记"。这对于2/3人生生活在松江、热爱松江，又很想把对松江的爱倾注笔端的我很有吸引力。

　　我小时候生活在安徽，20岁到松江，在松江生活了40年，我也写了不少如钱老对过往岁月的回忆文章，很多次我将回忆之笔点触到了松江，但总觉得40年的经历不够悠长，40年的感悟还嫌肤浅，40年韶华还缺少钱老具有的岁月包浆。好在妻是地地道道的松江人，所以每在钱老的文章中读到松江，我就与妻"研讨"。

读到钱老《童年的蚕豆》，我问妻，松江立夏都吃蚕豆吗？你小时候吃吗？吃过煨蚕豆吗？知道剪刀豆、发芽豆、硬寒豆吗？妻一一作答，虽不像钱老如数家珍，却也勾起我和妻童年的蚕豆共鸣。

读《灯芯草》，钱老说："这灯芯草小时候家家户户都有。"我问妻，你家有吗？妻说有，我说有就能体会"闲敲棋子落灯花"有多静美了。只可惜，我童年时家中没有灯芯草，我无法体验"落灯花"之美。读了钱老的文章和妻儿时的回味，我才有了这幽美的具象。

《花萁柴》的花萁柴我家没烧过，而妻说，她的经历与钱老一模一样。花萁柴被钱老写得烟火从地生，由此联想到松江农家装糕的糯香，我不禁口润。想我写的《人间烟火》与钱老此文应有异曲同工，人生况味，烟火最暖。

而《农事琐记》中的《天生的腌菜手》又引起我与妻关于不同地域、不同腌菜方法的"研讨"，我搬出了自己先前发表的文章《又到腌菜季》，我说我父亲就是天生的腌菜手。妻细数了与钱老文章中大同而小异的手法，尽管方法各异，但有一点相同："过去乡下与城里，家家户户每年都要腌菜。这决定了一冬有没有菜吃。"（钱文开头）

研讨会我没有发言，主要是我对松江的体味还很稚嫩，不敢多嘴。好在我有了《小站与远方》这本书，可以好好学习、好好品味。有了这本书，我与妻的"研讨"又有了新的更多的话题。随着"研讨"的继续，终有一日，我会把对松江深沉的爱融入笔端……

侯建萍

小　顾

　　江南的梅雨季节，就如宋程垓所写的"黄昏庭院黄梅雨。新愁一寸，旧愁千缕"。今年的梅雨持续下了两个多星期，就在我码字的当下，还在下，可谓愁字顶天。愁，我不知道天空有多大的委屈要倾诉？泪流不止。愁，我不知道何时的你可以控制好情绪？展现一抹微笑。愁，我穿的衣服潮湿，家里湿气重，整个空气都是润湿的。撑起伞，我决定到外面去走走。

　　空气是干净的，有一股似割了青草后散发的淡淡的清香，滋养着我的嗅觉；树叶和草色明亮了我的双眼。马路上除了雨点们的"心花怒放"，就是被风雨击落的枯枝败叶。我听着伞面上雨的击打声，看着周身无尽的绿，就这么走着走着。在一个十字路口等红灯时，我看到一名中年妇女在斑马线上低头匆匆行走。短发，上身穿桃红色 T 恤，下身黑色长裤。她由东往西，这不是小顾吗？虽然没看清她的脸，但我还是第一时间在脑海里闪出"就是她"。思绪在雨中蔓延。

　　小顾是一位档案人，2002 年 7 月我调入档案局工作后认识了她。她在某镇办公室工作，除了需要处理办公室里的各种杂事外，还负责档案工作。她工作踏实，还勇于创新，关于市民个人信息的独生子女等档案，均采用姓氏笔画归档，查找便捷，就是她的功劳。案卷装订整洁，规范又结实。每年的档案工作考核，她不仅评分高，还连续几年被评为先进。

小顾聪慧灵秀，1米62的个儿，身材匀称，肌肤白皙，有着浦南人的勤劳、朴实与善良。结婚前，她已是某镇的一名团支书，可以说前程似锦。婚嫁的原因，她选择了放弃一切，甘愿在工作上从零开始，甘愿默默地支持丈夫的工作。

小顾是好学的。她利用午休和晚上的时间练习书法和素描，作品在《松江档案》杂志上曾多次选登。退休后，她去市区参加了营养师、小儿推拿等学习培训，并取得了合格证书。只要邻居和朋友有求于她，她都会热情地为患儿治病。

我与她住得近，两个小区相隔一条河，我们时常相约晚饭后步行到桥上相会。她很健谈，我基本上是倾听。她讲话幽默，让人愉悦。她遇到的有些事，神奇得让人无法解释。有时她会主动帮我揉捏双肩，有时让我往前伸出一条腿帮我按摩。她的手部力量很大，按摩穴位到位，经她揉捏后，很是舒服。她退休后，我们依然保持着联系。在一个春天的傍晚，我们如约相聚在桥上。她告诉我她会唱越剧，并当场唱给我听，很是有越剧的味道。在一个初夏的晚上，她兴奋地告诉我，她更年期后又来月经了……我知道这是个不好的迹象，建议她去医院检查一下。

之后我们很少见面，电话那头的她告诉我去乡下老家了，也没说是什么原因。再后来，我的电话和信息，她都一概不回。又过了一月有余，我继续拨打她的电话并发信息。终于，在一个傍晚，我接到了她先生打来的电话。他告诉我，小顾住院了，病情很严重。我冒着酷暑赶往市区医院看望她，见到我后，她轻声地说："你来啦。"没有表情，眼角挂着泪花。她已卧床不起，我握住她的手鼓励她加油。照顾她的小姑招呼我到门外说："已经错过了治疗时机，已经不能手术了……"两个星期后，不满60岁的小顾走了。

我缓过神，收回了对往事的片段式回忆，继续往前走。在一大块绿化前，我收住了脚步。面前的野蘑菇已经噌噌地从草地里钻了出来，小的如一分钱大小，密密麻麻，白如雪；大的如杯盖，肉质肥厚，顶部一圈翘起的表皮为淡褐色，其余肉质为白色，表面有细细的颗粒状；还有红色的，形状与结构精致得如妖女……相同的是，它们都为伞状，为梅雨天而来。小顾的这一生，也许就如这些蘑菇，看似鲜活，却很短暂。

　　回到家，取出《松江档案》，翻到刊有档案人小顾留下的那些可爱的画与稚嫩的书法时，她的影子若隐若现，那些曾经温暖和美好的事情带走了我的愁思。

王福友

母亲生病

庚子春，期盼疫情早点过去，祈祐家人亲友一切安好。可偏偏这时候，83 岁高龄的母亲，在老家生病了。

4 月 11 日上午，母亲高烧 39 度多，先是去了镇上的卫生院就诊，但特殊时期，地方小卫生院根本不敢接收。很快，老家居委会相关负责人得到了消息，特意给我打电话，让我赶快拿定主意，怎么来处置这件事。

身在近千里之外，我所能得到的信息有限，心里一下子确实有点慌。为了更好地做决断，我随即拨通了家里的电话，大致了解到，前一夜母亲睡在床上，盖两床被子还冷得浑身发抖。从日常经验来看，先冷后发热，十有八九是着凉感冒了。

经验归经验，不能代替诊断，尤其是在疫情防控期间，更要慎重对待。好在，一个在合肥的外甥正好在离老家不远的地方办事，他一口应承下来，先回去看望外婆，视情况再做决定，让我放心。在芜湖的大哥大嫂也得到了消息，当晚及时赶回了家，对母亲的情况有了进一步的了解。得知母亲的总体状况还好，一颗心才稍稍放下。

第二天一早，大哥开车带着母亲径直去了 30 多公里外的市医院。但因母亲头天晚上在家中自行服用了感冒药，到了市医院后却无发烧症状，医生也不给看。大哥在询问医生挂号究竟挂哪个科时，颇费了一些周折。因为母亲那两天不光发烧，还感觉胸口闷胀。此外，她两只脚的中趾也磨破发炎。从呼吸内科、心内科到外科再到骨科，医生的建议让大哥无所适从。

医院里到处都是捂着大口罩的人，平常几乎不出门的母亲，在家中稍做点事情，就有点大喘气，这时她也捂着一只口罩，只感觉气喘不上来。担心母亲在医院里时间长了会吃不消，大哥只得带着母亲返回，联系了一家私人诊所。在这家诊所，医生给母亲开了打吊针的药水。第一天吊水后没有发烧，第二天便又继续。

原以为两天的药水吊完，母亲的病情可能会有所好转，可没想到的是，她仍然高烧不退。14日再去时，人家已经拒绝接收了。一个80多岁的老人，怎能经受如此的折腾呢？忧心忡忡的大哥，一根心弦越绷越紧。无奈，他和大嫂一起，只得带上母亲再去那家市医院。

我是在14日上午打电话回家时得知这一情况的，父亲接的电话，一听我问母亲的情况，父亲在电话里的声音就带上了哭腔。我的心骤然一紧，连忙安慰他，母亲可能只是得了普通感冒，让他千万不要胡思乱想，不要担心着急。问他早饭吃了没有，他说吃不下，什么都不想吃，就是心里难过；心里一难过，就忍不住想哭。我知道，此时再多的安慰，可能都无法减轻父亲心中的恐慌。

其实前两天，大哥大嫂已告诉了我父亲的一些反常言行。在父亲的意识里，母亲这次生病，到这里不收，到那里不看，可能是得了什么大病吧？从未有此经历的父亲，这回吓坏了，从前门到后门，从后门到前门，坐立不宁，寝食不安，六神无主。有时甚至自言自语，说一些莫名其妙的话，并且说着说着，就带上哭腔，流出眼泪。一遇到村上有人跟他说话，或接听我们兄妹当中谁打回去的电话，他就会心里难受，也是边说边哭，眼泪无法控制。

无法想象，大半辈子总是以刚强、倔强示人的父亲，在这个时候，内心竟然如此脆弱，不堪一击，甚至到了崩溃的边缘。恐慌、焦虑，在一个87岁的老人心里，被无限放大。

好在，这次去市医院，一切还比较顺当。大哥给母亲挂了专家门诊，一通抽血化验、CT检查下来，母亲只是肺部有轻微的炎症。大哥问医生，要不要挂水，被医生一顿呛："挂什么水？都这么大年纪了！开点药回去吃就行了。"结果开了几百元感冒类的药，至此，大家紧悬在心头的一块大石头才落了地。

这些年，父母留守老家，我们兄妹天南地北的，总是提心吊胆，日夜牵挂。家中一有风吹草动，都会惶惶不安。唯有祈愿上苍眷顾，他们能四季安稳，安享晚年。

事后，我有意问父亲，当时您为什么会那么慌张？父亲幽幽一声长叹："不晓得怎搞的，心里就是难过；一难过，眼水就忍不住。一想到她13岁就到我家做童养媳，15岁得了一场伤寒，人差点就死了。养了你们一大窝，累一生，苦一生，现在日子刚刚好过，刚刚享一点福，怎么就……又想到，以前洗啊，烧啊，煮啊，都是她一双手，我在外头干毫事情，回来端到就吃。她要是没有了，我一个人怎么搞……"

我说，那您以后对母亲要多惜顾点啊，不要为一毫毫小事，两个人争啊，吵啊。人在的时候要多珍惜，不要等到没有了才后悔。父亲对着我笑："我晓得，我晓得。"我知道，父亲也不过是在敷衍我。等这事一过了，他和母亲又会恢复原状，斗嘴拌舌是常态。从年轻到现在，他们就是这么过来的。

李烨

松江映像之民选城隍

残阳如血,照在颓圮的城墙上,照在远望就可得见的默默流去的黄浦江上。城墙斑驳,江水血红。城墙下的芦苇,被烧去了头颅,光秃秃地垂下了黢黑焦煳的躯干,在偶尔吹来带着血腥味道的晚风中瑟瑟发抖……

硝烟弥漫的战场突然安静了下来,仿佛喊杀声从没有发生过,风自由地吹起。受伤者呻吟的声音被江风吹得断断续续,时强时弱。战殁者的尸体,横陈在城墙前的高地上。鲜血流进江水,江水也染得血红。冷兵器与现代火器结合厮杀过后的战场,除了流淌的鲜血外,还多出了骇人的硝烟和刺鼻的火药味。

那个头戴方巾、衣着素雅的中年男子颓然地坐在了城墙的石地上,刚刚搬动石头砸向进攻清军的他,仿佛最后的一点力气也用尽了。平时握惯了寸管的手,抖得像阵阵狂风撼动的枯枝。他的两眼血红,如雨后夕阳的残照,仿佛能渗出血来。他环顾四周,城墙边和城墙上死去的人是血红的,江水是血红的,江边的芦荻也是血红的,甚至他感到自己呼出来的气都是血红的。

我已不忍与他对视。隔着史书,都让时空这头的我感到战栗。我瞬间就被这江南柔弱文人的勇气感动，被他的悲壮慷慨激励。

我翻检着史书，目光停留在泛黄的记载晚明历史的书页上，这个人的名字显现在我的眼前，松江府李待问。之所以对历史人物感兴趣，是因为定居松江后感受到的松江习俗。松江人似乎没有给民间重视的七月十五中元节以太多的关注，而偏偏重视它的前夜七月十四，探问缘由竟然就是因为这个李待问。

李待问是明松江府华亭县的名人，生活在大明辉煌逐渐褪去、大厦将倾的时代，李待问的人生命运也如放飞在历史演变血雨腥风里的风筝，飘摇、飘忽。满洲八旗的金戈铁马携着苦寒的北风，铁蹄踏踏，步步紧逼，震碎了江南人的温柔梦。原本富足、祥和的温柔富贵乡松江府，也变得岌岌可危，人心惶惶。府城有识之士，纷纷行动，组织抗清。归乡休假的李待问，与同郡沈犹龙、陈子龙、夏允彝、徐孚远等名人义士组织松江军民一同抗清……

城墙上的呼喊声渐渐弱了下来，城下的进攻似乎也已筋疲力尽，停歇下来。李待问满眼失落地望向残阳，望向身边守城残存无几的士卒和百姓。一个百户，浑身是血，孱弱地支撑起带血的头颅，颤抖着声音问道："城要破了，我们怎么办？"

李待问弱弱却硬硬地说："总归是一死罢了。"

百户凛然道："我先砍下自己的头颅，黄泉路上去等待先生。"随即拔刀自刎。

清军的号角声又响起，喊杀声震得草木都在颤抖。远处战船和铁骑在松江城外不停地调动，向着这弹丸小城铺天盖地而来。这座小城仿佛要被喊杀声和硝烟浓云挤压成齑粉。李待问痛苦地低下了头，说了一声"罢了"，旋即冲下城墙，奔向郡城榻水桥塆自己的府邸。

一家人惊恐地看着李待问，一时间众人泪如雨下。家人们说，我们快逃吧！李待问横眉立目，选择去死，是我的本分。偷生，怎对得起那个先死去的百户？况且当初曾立香为誓，我李待问世受国恩，忝登甲第，城存兴存，城亡与亡，在朝在籍，有死无二。于是引绳自缢，众人慌忙阻拦。然此时，松江城早已被攻破，清兵已至李府。李待问一息尚存，被清军俘获。李待问自知必将受辱而死，反复地大声呼喊："勿杀吾民！"终被清兵杀害于织造局前，生命定格在了43岁。

松江百姓忘不了在清军攻城期间，城里粮荒，李待问把家里仅存的黄豆拿出来，磨成豆浆为民众充饥。李待问死后，每逢七月十四李待问诞生的这天，松江百姓就会夜磨豆浆，以喝豆浆的方式，纪念这位为保护松江人民而死的悲壮英雄。百姓认为李待问的威灵可保松江这一方水土和百姓，尊他为府城隍，道教敕封为威灵公。百姓还自发为他修建了李公祠，塑像祭祀。此后，李待问就成了松江人民心中府城的保护神，延续至今。

李待问，这位民选城隍，不禁让我想起当代诗人臧克家的那首诗《有的人》："有的人活着，他已经死了；有的人死了，他还活着。"我想这后者，说的就是李待问这样的人吧，愿他的精神和英灵永垂不朽！

我不辍地诵读李待问留下的诗行，努力去理解这位悲壮的诗人。

"碣石荒台古，悠悠敌客心。马应酬白骨，士亦恋黄金。落木残秋色，高城隐暮阴。燕山多侠气，千载一遗音。"

"千载惟公在，人间男子奇。君臣共生死，天地失华夷。青史犹堪泣，黄冠重所思。怜易降者，不洒李陵悲。"

此刻，已没有了同情与感伤的眼泪，我从字里行间读出的是江南文人的傲骨和执着，读出了坚定坚强、慷慨悲壮的爱国爱民情怀。

顾夕

小候鸟

　　那天在一所随迁子女学校听一节英语课，内容讲的是野鹅迁徙的故事。课堂上，老师循循善诱，孩子们七嘴八舌，抢着回答问题。他们小手举得高高的样子，像极了那些振翅欲飞的小鹅，这让我不由得想起了之前看过的一部纪录片《大天鹅》。

　　位于黄河中游的三门峡湿地，是野生大天鹅重要的越冬栖息地。一只雌性大天鹅美峡因为翅膀受伤，不得不永久留在越冬地。在这里，她与另一只受伤的雄性天鹅肖成组建家庭并孵化出了7个幼崽。随后的5个月里，美峡先后失去丈夫和一个孩子，饱尝生活的艰辛。领地受到挑战，她勇敢地与入侵者展开搏斗，虽然势单力薄，但她毫不退却，坚持用伟大的母爱护卫和陪伴着孩子们长大，决不让孩子们受到伤害。

　　在孩子们的成长过程中，美峡有过许多烦恼。他们叛逆，原先跟随父亲的3个孩子故意与母亲疏远，自行休息和觅食；他们胆怯，不敢主动尝试学习生存技能；他们稚嫩，飞翔的翅膀还不够有力，还不能熟练地飞行。美峡心里着急，恨不得把自己所有的本领都教给孩子们。可怜天下父母心，有谁知道单亲妈妈的不易？

　　第二年春季，越冬的天鹅陆续飞回北方繁殖地。6个孩子也随着大部队踏上了迁徙之旅，只留下美峡顾影自怜，充满感伤……

我站在校园里，看着眼前这一张张充满稚气的脸，陷入了沉思。他们不正是那些小候鸟吗？他们有的从没走出过大山，有的没有坐过火车，有的没有去过城市，小小年纪就不得不挥挥手，抹干眼泪，告别宠爱自己的爷爷奶奶、外公外婆，背井离乡随父母来到松江，在吴侬软语声里开始一段崭新的生活，这是非常不容易的。他们要学习新的知识，适应新的环境，融入新的朋友圈，而且父母的工作并不稳定，经济不景气的时候，两三年就要换一次工作，就要搬一次家，他们不得不转去其他地方读书。所以说，他们是饱经风霜的小大人，比本地的孩子更早更多地品尝了生活的艰辛。

也许在有些人眼里，他们和父母一起挤在局促的空间里，穿着土气，举止粗鲁，学习成绩不佳。他们的父母每天为几两碎银忙忙碌碌，根本没有时间关注他们的成长。但当我近距离地和他们接触后发现，在他们脸上几乎读不到少年老成的忧愁。他们春风满面，热情地和每一个认识或不认识的老师打招呼；他们踏实肯干，拖地、擦窗、擦桌子、拿饭菜，重活累活抢着干；他们志存高远，勤奋好学，眼睛里闪烁着渴求知识的光芒。他们对世界和中国的了解一点也不比本地的孩子少，他们接受新知识、新技术的能力也毫不逊色于本地的孩子。他们上课时专心致志，写作业一丝不苟。我知道，他们是在磨砺梦想的翅膀，积蓄飞翔的力量。

他们是可爱的、阳光的，如果你有机会和他们接触，请不要吝惜你的掌声，要多给他们鼓励，让他们在成长的道路上奔跑得更快。

让所有的孩子在同一片蓝天下成长既是政府的事，也是我们每个大人的事，让我们一起努力，共同呵护"小候鸟"，为他们遮风挡雨，为他们铺路架桥，让他们茁壮成长。

林琳

一身诗意奏清音

——读《沈元吉诗词联选》

姨母沈元吉生前叹耆宿之凋零，问难何处？感心丧之日久，痛何如哉！如今她已去世 10 多年，于我又何尝不是。姨母是地理教师，其徒手画地图之精准至今仍被学生啧啧称道。"祖国河山频指点，全球地理教深研。"课外她还编写了《松江县乡土地理》《上海市乡土地理》师范读本农业部分，辅导学生参加天文知识竞赛，"探究天容兴不穷。闪烁千珠分众座，晶莹一镜耀长空。仰观北极星辰转，俯察人间节序同。指点行星金与火，更看牛女隔西东"。"银汉迢迢长想望，苍穹渺渺永疑猜。"带学生去观狮子座流星雨，看"星，天上珠玑点点明。流星雨，万斛下天庭。迎，狮座流星大量倾。十一月，地轴正穿行。征，夜上佘山碧落清。欢声起，奇景晓前呈"。

除兢兢业业做好教师的本职工作外，姨母对旧体诗也有很高的造诣，擅诗词、楹联与书画，是中华诗词学会、上海诗词学会会员，松江政协云间诗社副社长，上海楹联学会松江分会副会长，曾获全国民间诗人诗词大赛一等奖等。她写道："诗要作得好，必须思想境界高，古籍沉酣精髓吸，爱国爱家乡。"热爱生活的她一生虽历经坎坷与磨难，却将苦难视作炼炉，将内心珍藏的真美善提炼、升华，在香港、澳门回归时写道："百载会风云而起,一统与日月争雄。""姆阁千秋无恙,莲波万顷重归。" 刊登在《新民晚报》上。她为春申君题"一代功名高楚室,千秋俎豆重春申",悬于祠堂内。真可谓一身诗意真性情,四海宇内奏清音。

"作诗欲好道何循？意境新兼造句新。百常感受升华透,一点灵犀顿悟真。作诗失败是何因？滥调陈词草率成。斑斓猛虎成猫状,婉转流莺变鴃声。言志抒情忌矫造,创新有路辟荆榛。"姨母将平生体会作成诗,又在《云间联话》发刊词中写道:"华亭古邑,机、云文苑传承,松江新城,楹联奇葩初绽。凡楼台岩洞,都可写景抒情,寺庙园林,亦能咏怀状物,题材广泛,着墨自由,风格多端,魅力奇妙。"恰也是其诗词联的特色。她所作《气象杂咏》将地理知识与诗巧妙结合,妙趣横生,旁人所不能为之。其中《冬季风》:"西风撼树报冬临,凛冽飕飗寒意深。源自北方高压核,冲来南国暖锋岑。怒号万窍江潮涌,怪啸长空霰雪侵。一夜厉行尘垢尽,害虫亿万倒墙阴。"又如《黄梅雨》:"冷暖气团势力均,忽寒忽热困心身。霏微似雾山容失,霡霂如丝草色新。远听轰隆雷震肃,遥观闪烁电光频。滂沱时有新潮涨,连月阴霾雨势匀。"还有《云》:"奇峰入夏卷舒行,瓦片鱼鳞秋后明。暖气嘘时绢幕蔽,冷锋袭处堡楼生。轻盈捧日霞裳艳,缥缈随风雾縠轻。出岫飞扬形态异,涌涛翻墨雨如倾。"惟妙惟肖,此外还有《地震对策杂咏》等与地理知识相关的诗词。

遥想当年,云间诗社集当时名宿,传古雅之风,姨母与姨父王尚德和张联芳、杨秉文、王荣等老先生一起唱和,每月交一次月课。所有诗作最后集中到姨母手中,那时并无电脑,皆由她先刻于油印纸上,再刊发成《云间诗社吟稿》。她还负责将每年的优秀诗词制成《云间诗社吟草》辑,无论严寒酷暑均如此。1999 年为庆祝中华人民共和国成立 50 周年及迎接澳门回归出版的《云间诗社吟草特辑》,以及 2001 年为纪念松江建县 1250 周年和歌咏松江两个文明建设伟大成就出版的《松江吟》,她均负担其编辑工作。记得我工作不久,姨母赠我结集成册的几位老先生的遗篇,均由她一丝不苟手抄后再油印而成，字迹工整娟秀。她还助校同乡前辈姚鹓雏诗词集出版并作诗留念："京师问学颖初脱，南社攻诗艺日臻。""遗编传世壮鲈乡，万丈文光姓氏香。一代风骚谁匹敌，百城书卷自低昂。"

姨母的勤奋、坚韧与聪慧，深得老先生们的赞许。她18岁起教书，一边教，一边自学，教与学贯穿一生，"书山学海无穷趣，绛烛光传小院前"。退休后她参加函授班，面对江南诗词学会考题《江南好·雨后》，她作"连朝雨，阡陌净无尘。晓日临窗花似锦，轻烟笼野草如茵，描出画图新"。无锡书法艺专函授班毕业，她向母校献诗："立雪程门远，传经学府新。往来鱼雁便，八法指迷津。""风云来笔底，落纸鬼神惊。""樗才承灌溉，业就感师恩。"学画后她在画作上题诗《兰》："夜色承甘露，朝暾泛惠风。精英能自取，幽壑聚丛丛。""保贞钦异质，香韵夺千峰。"这不正是姨母的写照吗？空谷幽兰般蕙质兰心，心灵手巧，她会剪裁、缝纫、绣花与织绒线，在物资匮乏的年代为我们缝制新衣。我永远记得她在灯下、日光里劳作的样子，盛夏汗流浃背，豆大的汗珠从脸上淌下来……

"人生弹指百年间，胸怀有志趁华年。"姨母即便年老患病时仍勤学，操劳不已，参加社会公益活动，无偿为诗词书画爱好者授课。"自有坚贞质，不虞风雪催"，且"清劲发新枝"，可惜我旧学底子薄，又忙，从未好好读过她赠我的《沈元吉诗词联选》。今抽空拜读，除如晤言谈甚相亲外，我方知对她了解甚少，原来慈惠的姨母竟是"百亩蕙香凝腕底"的才女。

我抚书思昔，不禁感慨万千，叹天不假年，否则姨母能更好地培养后学，弘扬优秀传统文化，但恍惚间我似乎听见她说："今逢盛世，重开唐宋煌煌业，远绍机云汩汩流指日可待。喜看长江后浪推前浪，自有后来人。"念及此，我豁然了。

谌贵芳

我也是个取水人

最近，我迷上了短视频，一有空就点开看。早上一睁开眼就滑开手机，穿衣时听，洗漱时听，坐在马桶上也听，吃早饭时听，上下班行车途中听，每天洗菜切菜时也听，尽一切可能抓住的每一分每一秒或听或看。

我看的短视频大多是人文类和历史类。听别人的故事，过自己的生活。我关注了几个我喜欢的视频号："意公子""真的范大山""尚大叔幸福学""海棠故事说说说""马玉炜文学""继承经典讲座""安岚说历史"等。

一席绿衣，一个抱枕，席地而坐，这便是意公子时常的出镜画面，简单、恬淡。在灰色水泥墙、发黄灯光下，意公子用独特视角、真挚情感，全新解构了中国上下五千年的历史、人文、艺术知识。凭借通俗易懂的语言，将庄子、苏轼等历史人物和晦涩知识娓娓道来。

"英雄的诞生，都是趁时代的红利，是需要'借势'的。但'借势'之前，还有一件更重要的事，叫'蓄势'。"在意公子近期的一个视频中，她用庄子的《逍遥游》讲述何为英雄。"大鹏鸟要乘风而去，需要等待、培育、积蓄。"

意公子在《逍遥游》里除了读到"借势"、读到"蓄势"，还读到一个词"各安天命"。在意公子看来，每个人都有自己的天赋，天赋不同，所建功业不同。我们只需努力做好自己，做最棒的自己即可。

范大山是无意中看到的一个短视频《夫妻睡前情话》博主。点开来前，大家一定会认为是在利用夫妻间的卿卿我我蹭流量，消费观众。没承想点开才发现别有洞天，这是一个巨大的知识宝库。范大山这个 90 后太牛了，学识丰厚，口才了得，是个百科全书式的说书人。该是读了多少书，走了多少路，才能如此信手拈来天文地理、人文历史、古今中外。用他独有的声调和节奏，圈粉无数。

范大山讲他 10 年前去阿勒泰寻李娟，从连云港到阿勒泰、富蕴县，再到阿克哈拉，当他放眼辽阔的土地时，他说："榛榛莽莽，如天地初辟，再无一言，这就是火热的青春。"用李娟的话来说就是："世界这么大，但有时又会想到一些大于世界的事，便忍不住落泪。"

范大山介绍史铁生的《我与地坛》，从文本的一个句子切入，中间穿插一个故事，用文本的另一个句子收尾，"凤头""猪肚""豹尾"，首尾呼应，天衣无缝。

我非常钦佩范大山的语言功底，短短几分钟，就能把厚厚一本书浓缩成一篇人物散文或一个精彩的故事。如果把语音转换成文字，就是一篇极好的文章。

看尚大叔的幸福学，我懂得了一个人要有感知幸福的能力，要有管理情绪的能力，我在体验中经历，在学习中成长。

马玉炜是第四季超级语文课冠军获得者，一个独立的说书人。最近也看了他的一些短视频和直播，《桃花源记》抓住课文中带三点水的字串联起整个篇章，以及陶渊明的追求；《聊斋志异》和《西游记》的解读，让我们看到了文字之外的很多内核。

《道德经》中说："上善若水，水善利万物而不争。"有的水是一座水库，有的水就是一条大江大河，有的水就是飞瀑，有的是一汪清泉，有的是涓涓细流……

我也是个取水人，也是其中的一滴水，融入其中，生生不息——

凌万来

我的母亲

　　我的母亲出生在一个贫苦的农民家庭，在兄弟姊妹中排行老大。母亲从小给地主家放过牛，牵着双目失明的外公要过饭，还给一户人家做过二十几天的童养媳，母亲是在家境贫寒、食不果腹的环境里长大的。

　　母亲是一个心地善良、勤劳朴实、性格直爽的人，是慈母，也是严师。她管教我们严过我的父亲，她时常用自己苦难的经历来教育我，教育我如何立身于世，怎样做人。母亲一生养育了 8 个子女，除 3 岁时因病夭折的大姐外，其余兄弟姊妹长大成人。虽半个世纪过去了，母亲至今回想起大姐夭折时的情景，仍在哀叹声中默默地流泪。

　　我的父亲是一名小学教师，整天忙于教学，操持家务和抚养孩子的重担自然落到了母亲身上。或许是母亲从小受过太多苦难的经历，铸就了她哪怕是农活再累、日子再苦，仍能默默坚持的个性和品德。用母亲的话说，在那个年代，日子都是一天天地熬过来的。

　　记得小时候，母亲总是天蒙蒙亮就起床，收拾停当后，把我们一一叫起床。她在我们这个大家庭里总是起得最早，睡得最晚。在母亲的管束下，若想睡个懒觉，倒是一件挺奢侈的事。母亲就像一个生产队长，让每个人在早晨都得参与劳动；母亲又像旧时私塾里的先生，每日清晨布置的早课要一一检查过关，否则免不了要挨一顿训斥。每天清晨，总是我们这个大家庭里最忙碌的时光——挑水的、扫地的、洗茶壶盏子的、帮母亲一起拣菜的、洗脸的、背书的……这边是厨房里锅碗瓢盆的叮当声、灶台里柴火燃起时的哔叭声，那边又传来厅堂里椅子倒地的咣当声和房间里的琅琅的读书声……声声不绝于耳，恰似到了一个热闹的集市！

母亲又是一个对自己极其吝啬、对子女极其疼爱的人。每年腊月过半，母亲总会把邻村的一个女裁缝请到家里来，用平时省吃俭用下来的钱，赶在除夕前为每个孩子做一套过年的新衣裳。腊月里是母亲最忙碌的时节，白天忙家务，晚上安顿我们睡下后，一个人时常独坐在房间里昏暗的煤油灯下，为我们赶制过年的新布鞋。至今我仍清晰记得在那寂静寒冷的冬夜，窗外飘着雪，寒风拍打着窗棂发出呜呜的声响，母亲低着头，左手握住鞋底，右手拿着鞋锥，上了蜡的麻线在母亲手中翩翩起舞，熟练地穿过鞋底，发出嗤嗤的声响。我时常在这昏暗的灯光下、嗤嗤的声响里，进入梦乡。在梦里，我仿佛看见大年初一的早晨，一个满面笑容、天真无邪的少年，着一身崭新的藏青色中山装，穿着白布底镶着白边、黑灯芯绒鞋面的新布鞋，口里衔着芝麻糖，兜里揣着还剩半截引线的鞭炮，在小伙伴面前别提有多神气了……那儿时的梦啊，总是那么甜美和温馨。

读中学之后，我与母亲聚少离多。学校在40里外一个交通不便、偏僻闭塞的山村里，因路途遥远，不得不住校，每周周六午后时分赶回家。为了在家多待上半日，我总是将返校时间推到周一早上。那时我总是在睡梦中被母亲叫醒，起床洗漱后，母亲已将早饭做好，桌子上放着一个网兜，里面两个大玻璃瓶里装满了压得紧紧的酸白菜，那可是我一个星期的菜。那时候，我从家中每隔一段时间带去一些米，来换取学校的饭票（仅能买饭）。我从学校食堂买上3两米饭，端到宿舍里，然后从床下拖出装着酸菜的玻璃瓶子，打开盖子，把碗里的饭掏一个窝，用筷子拨出一些酸菜放进刨好的饭窝里，再盖上饭，焖上一会儿，等那冰凉的酸菜微微有些热气后，我便开始品尝这美味佳肴了。这么多年过去了，一想起那时的情景，满嘴顿时便会泛起酸酸的味道。

自从我去 40 里外的山里上学后，每次出门母亲总不忘叮嘱一番，送我到村口外的公路旁。那时的故乡，冬日的清晨特别冷，池塘里、小溪旁都结了厚厚的冰，公路两旁的田野里零星散落的枯黄的稻草上撒了一层洁白的霜，风吹在脸上像被茅草划过一般疼。母亲担心我一个人路上不安全，执意让村子里几个去山里打短工的人带着我一起走。因担心他们提前走掉，我和母亲总是到得很早。在公路旁我支起自行车，跺着双脚，不停地搓着手。母亲见状，独自走到路旁的田野里，拾来一小捆蔫耷耷的稻草放到地上，然后俯下身子，右膝跪地从裤子的口袋里掏出火柴，抽出二三支一齐划着，颤巍巍地将点燃的火柴塞进稻草里，猛吹几口气。一阵灰白的浓烟过后，蹿出一团橘红色的火苗。母亲咳嗽几声，忙对我说："快过来烤烤，骑车路上冷，暖暖身子。"就在这堆稻草即将燃尽的时候，村里同行的人也到了。母亲还是有些不放心，一遍遍地叮嘱我骑车要慢些，路上小心。那时我总嫌母亲有些啰唆，催促母亲快回去。"就回，就回了。"母亲应道，但仍不见她挪动脚步。我戴上口罩和手套，骑上自行车，跟在同行者身后。等我顶着北风骑行一段距离后，回头一瞥，发现远处村口的公路边，母亲依然伫立在凛冽的寒风中，朝我前行的方向张望着……

时光荏苒，离开故乡转瞬已 28 年。6 年前，母亲一个人床前榻下默默服侍了整整 3 年中风卧床的老父亲走了，留下母亲寡居在故乡的老宅里，任凭我怎么劝她来，她都说城里住不惯，还是乡下好。前几日，她在电话里告诉我："近来腿疼得厉害，听力越来越差，头也时常发晕，看来离去找你爸的日子不远啰……"我不知该如何来劝慰母亲，想起年少时，我总觉得自己很聪明，总嫌母亲有些絮絮叨叨，总喜欢打断她的话。现在想起来，能听母亲絮絮叨叨也是一种幸福啊！真怕这样的日子不多了……

窗外，月光依旧如水。我默默地朝着故乡的方向伫立着，此时，脑海里不禁又浮现出在那个寒风刺骨的清晨村口，母亲单膝跪地，两手撑在地上，伏下身、侧着头、鼓着腮，吹燃枯草为我取暖时的情景……一想到这里，我便情不自已，怅然地落下泪来。

母亲健在，家就在；故乡，就会永远活在我的梦里……

马文辉

老家老房

2003 年，居住了近 30 年的村庄整体动迁。故地踏寻，已无一点村落踪迹，可能除了在志书里，再无姚家浜这个村名了。一晃又 20 多年过去了，家乡和家乡的事物渐渐在记忆里模糊——那可是生我养我 20 多年的地方，也是祖祖辈辈世代居住的地方，应该写些文字留下些印迹。

回忆一下我的村子，地处城西（曾名城西公社）。从三新路下来拐进乡间小路，过桥便见一棵百年银杏，再西行约千米，便到姚家浜村。村子以村河为中轴线，农民住宅均沿河坐北朝南而建，并像树杈一样向两边延伸开去——像这样错落无规则的村，俗称"竹节村"。

从我记事起，居住的房子是爷爷手里建造的两垛三开间。硬山头七架梁平房，砌单壁，用木梁、木椽，覆底瓦、小瓦，屋脊、立面均无装饰。东房是我家，西房是叔叔家，中间是客堂间和庭心，客堂间是共用的，庭心里养些鸡鸭。1983 年，父母在老房东侧的自留地造起新楼。

那时农民收入低，造个房子很不容易。需要省吃俭用好几年，每年攒些钱，像燕子衔泥似的，一点点筹备建材，今年买砖头，明年买瓦片，后年买水泥、黄沙……建材备得差不多了，就请本乡作头师傅领衔建造。20 世纪 80 年代多数建两层楼房，有的两上两下，有的三上三下，看家里人口和财力而定。当时流行"拆了五架梁翻七架梁，拆了七架梁建楼房"。

万丈高楼平地起，先打地基，打地基中很重要的工作是定墙柱石（龙门桩），这时要放高升（大爆竹），以示重视和敬畏。然后挖地基，再夯地基，众人拉起石碌或铁锤，随着号子有节奏地抬起落下。那时农村文化生活匮乏，听夯歌也成为一种娱乐方式，引来小孩围观。打桩当晚，还有这样的仪式（应该是祭土地神）：将一个半生不熟或生的猪头放在盘中，再放几个蛋。猪嘴里塞一根猪尾巴，意思是有头有尾。盘放在要建造房屋的地基中（地上或桌上），放置时间为点完一支香的工夫。撤掉后，烧锡箔，仪式完成。

造房子最热闹的是上梁，意味着主体完工。父亲与作头师傅商定好良辰吉日。新房上正梁，一定要在河水涨潮时刻，称为"涨财水"。正梁中间贴有"福禄寿""福星高照""四季平安"等吉利口彩的红纸。上梁时作头师傅手托放满馒头、方糕、糖果、硬币等物的木盘，站在高处，口唱上梁歌："脚踏扶梯步步高，手搭廊檐节节高，一家老小哈哈笑，抛梁馒头抛梁糕……"唱罢，向下抛撒盘中之物，引得下面小孩一阵争抢，场面欢乐喜庆。这一天，亲朋好友均来祝贺，傍晚大摆宴席，吃上梁酒。当晚父母邀请平日来帮忙的本家乡邻一同参加，大家难得吃酒聚餐，有说有笑，往往热闹到半夜才散席。

新房落成，迁入新居，俗称"搬进宅"，这也是个重要的日子，要选好吉日。进宅前一日，要有一个祭祀仪式，大致是告知老祖宗搬新家了，要保佑平安，有慎终追远的意思。进宅时，先放爆竹，再将两根连叶带根青竹（甘蔗）、秤、鱼篓、竹筛等放进屋内。青竹寓意节节高，秤寓意称心如意……有时用围兜围住篓，围兜土话叫"余兜"，有年年有余的意思，这几样东西放在一起，谐音吉祥话"狮子发禄"。

我家先后建过两次房，1983年新建，1990年扩建。1999年买房进城，2003年老家动迁上楼。虽说"此心安处是吾乡"，但对家的感觉还是小时候最为强烈：一是故土难离，那路、那河、那桥都是乡愁记忆。二是亲人难舍，一家三代朝夕相处，其乐融融。还有，看着房子一点点建起来，里面倾注着父母的心血，也护佑着我长大成人，成家立业。这个"家"不仅是遮风挡雨的港湾，而且是家族血脉的延续、情感的维系和心灵的归依！"人生如逆旅，我亦是行人"，这个"家"是穿越空间和时间的"锚"，牢牢铆在你我的心底，让在外的游子魂牵梦绕，让祖先的魂魄在人世间停留……

王一峰

繁花如梦

时间不响，转眼已是 2024 年。再过 10 多天，就要迎来除夕。按照本地人的说法，过完除夕我就虚岁 50 了。在这之前，人生半百对我来说是遥不可及的，但就这么不声不响来了。岁月荏苒，虽然没有染上发丝，但终究还是染了心境。

往事一幕一幕地铺陈开来。1985 年的秋天，我从浦南农村进入城内的方塔小学就读五年级。在还没见识大上海之前，松江老城已经囊括了一个少年对于一座城市的所有想象。"东到华阳西跨塘"，十里长街就是松江古城的精华。当年住在城东的白云新村，除了吃饭、睡觉、上课、做作业之外，我总是游荡在长街上，用今天时髦的话来说就是"City Walk"，渐渐地我对那些外人看来破破烂烂的老宅子产生了兴趣。我总觉得这些老宅装满了故事，故事的引子也许是一枝探出高大围墙外的蜡梅，也许是仪门上方砖雕题额上依稀可辨认的几个大字，也许是天井内一位端坐在竹椅上面容安详的老者——看上去是位有故事的人。十里长中山路的两侧，如鱼骨般生出许多弄堂，房屋挨着房屋，纵然满是岁月的刻痕却能抚人心。在微风不燥、阳光正好的日子里，我穿梭其间不亦乐乎，抬头可见楼上住家窗台上的月季开得娇艳欲滴，竹竿上洗干净的各色衣服随风摆动……市井深处的人间烟火无比生动。虽然大部分弄堂早已面目全非了，但我大致还记得这些街巷的布局。就像金宇澄《繁花》中手绘的上海老街巷地图，有些记忆是不会随岁月流逝而消失的。

十里长街对我的吸引力远不止这些，有中山中路的各式饮食：清真馆的羊肉锅贴、稻香村的鹅头颈、松江饭店的蟹黄馒头、小广东的叉烧、黎明日夜商店的刨冰……还有平桥头的录像厅、也是园的地摊、司令部的土坡、长桥街的作坊、东岳庙前的图书馆、相看两不厌的方塔，真是不胜枚举。当时的录像厅每场连映两部影片，一般我们都是在第一部影片放映到一半时进场，因为可以半价买票。放映厅内有两台电视，一排排简陋的木条长椅和昏暗的灯光。我们感兴趣的往往是武打片，如《少林寺》《十八铜人阵》《木棉袈裟》等。进入初中读书时，金庸、古龙、梁羽生等人的武侠小说大热，作为学生的我们更是废寝忘食，因为一天内要读完一册，同学们排队轮着看。我甚至幻想着如书中的主人公一样，骑最白的马，喝最烈的酒，扬最快的刀，哪里有不平哪里就有我。在没有武侠书看的日子后，竟然萌生了自己写书的想法，记得小说开头是这样写的："深夜的王府内，依旧戒备森严……"作为未经太多世故的少年来说，写的无非是夺宝、复仇的老套情节，主人公往往在一个偶然机会得到武林秘籍练就绝世武功，然而写着写着又觉得索然无味了，只好作罢。我还写过一篇《五鼠闹元宵》的小说，故事灵感来自上初二那年的元宵节。方塔公园举办首届灯会，入夜时分园内流光溢彩，人密声沸，一夜鱼龙舞的场景颇似长安夜。夜归后我奋不能寐，脑中构思了清末变法后六君子被捕，元宵夜五鼠劫牢的故事。次日动笔，其中的五鼠以同学为原型，个个身怀绝技，依次为穿天鼠、掘地鼠、神机鼠、四眼鼠和小白鼠。当然机智如我，一定是神机鼠的不二人选。遗憾的是最后也没有写完，热情总是如潮水般涌来，又黯然退去。对武侠的热爱，最早源于中国古典四大名著之一的《水浒传》，我几乎在字还未认全的小学时代就开始通读，当年引以为豪的是完整地记得水浒 108 员大将的名字和外号。20 世纪 80 年代热播的电视连续剧《霍元甲》，更把我们这一代引入了梦幻般的江湖世界。

再回首时，除了那些难舍的旧梦，我和许多同龄人一样，对一枚枚五颜六色的邮票产生了浓厚的兴趣。热播的《繁花》瞬间勾起了记忆中那个火热的集邮热潮，剧中阿宝说："集邮嘛，有文化的表现！"也是因为一枚失而复得的邮票，阿宝和外贸大楼的汪小姐结缘。这样的情节让我倍感亲切。缤纷方寸间，可知天下事。当年的一本邮票，是足以在同学面前炫耀的资本，而我拥有的又何止一本，其中大部分是从各处淘来的信销票。一把剪刀、一盆清水，再小心翼翼地把揭下的邮票贴在玻璃窗上等待晾干，放入书中压平，一切都是那么驾轻就熟。中山中路近谷阳路口，曾经有一家集美商店，常年出售各类邮票。其中最让我动心的是那枚 1980 年发行的庚申猴，由于是雕刻版，邮票上的金猴活灵活现，栩栩如生，甚至连一根根猴毛都毫微毕现。当时售价 32 元，囊中羞涩的我只能一次又一次贴着玻璃柜台过过眼瘾。直到 10 多年后，猴票价格上涨了几十倍，我才如愿以偿地凑齐了十二生肖。每逢周末，工人俱乐部的一个房间内总是聚满了集邮爱好者，人们评头论足地谈论着行情，可以向摊主购买，也可以用多余的邮票来交换。时过境迁，当邮票失去邮寄和流通功能后，邮市便进入了长时间的低迷。集邮的时代已经过去，对于一部分像我这样仍在坚持的人来说，更多的是承载了一种情怀。

"昨日像那东流水，离我远去不可留。……"当一曲《新鸳鸯蝴蝶梦》响彻大街小巷时，已是 1993 年的光景。在改革开放春风的吹拂下，松江城以一种蓬勃生长的姿态不断地变化着。不久后中山中路拓宽了，马路两侧建起了高楼，商业欣欣向荣，肯德基、麦当劳相继开业，人们衣着变得时尚，思维开始活跃，一个新的时代已经来临。

繁花如梦，不知不觉很多年又过去了，时光的流逝在我们身上总是背道而驰。小的时候盼望快快长大，想看看外面更大的世界；如今将近半百，经历了更多的人和事后，却怀念那逝去的青春，不声不响做一回追梦人。

年磊

乡间的茅草

"野火烧不尽，春风吹又生"的草确实很多，但让我首先想到的是茅草。

在乡间众多的草中，茅草算是个性鲜明的草了。乡间的草，多是一年生的。白居易有诗云："离离原上草，一岁一枯荣。"民间有谚云："人活一世，草木一秋。"

"天街小雨润如酥，草色遥看近却无"，在春雷召唤、春雨滋润下，最先从沉睡的泥土里探出脑袋的，就有茅草。茅草有宿根，它一直在感受着大地的温度。它比冬眠的动物机灵，候机而动，只要季节到了，就破土而出。它的初叶如针，哪怕只冒出一个针尖，也要努力钻出泥土，顽强生长。从初生的那一刻起，茅草似乎比别的草更爱干净，虽是从土里来，却不会沾染一丝尘埃，还要用晨露擦拭、甘霖洗濯。

茅草生长的地方也不同寻常。它不会长在田地里，不和庄稼争夺养料，也很少长在低洼之处，不任污水浸染、泥浆裹挟，相反它会生在高坡处，当甘霖降下，它最先承赐，沐浴之后，水才会滚落。所以茅草像河流的上游，是清清爽爽的，一尘不染的。它的脚下也不是普通的黑土，而是黄土，是挖沟开渠掘井取上来的黄泥，黄泥里能够孕育出砂姜，也能为茅草的生长源源不断地提供养料。茅草虽然是草，但并不是窝窝囊囊地活着的，它像良禽择木而栖，如志士抉泉而饮。

茅草一钻出地面，就格外受到关注。有的茅草是一丛丛地抱团生长的，犹如在固守自己的领地，不容侵犯，但是也不侵犯不属于自己的地盘；只有少量的茅草是一根根散落夹杂在其他的草类中，却又鹤立于众草之上，昂首挺胸。

春天到来的时候，茅荑发芽了，也就是茅草的嫩花，也是我们小时候寻找野味的时候到了。在孩子们放学的路上、在割草喂牛的路上，当茅荑还裹在叶片里的时候，孩子们的小手将它们轻轻地提（dī）出来，力道要拿捏得恰到好处，才能保证茅荑不会断裂，是为提茅荑。提出的茅荑，形似套被用的大针，一头粗一头细，因此它便有了更贴切的名字：茅针。孩子们会比赛似的看谁手里的茅荑多，有时候甚至还要一根根地数数加以评判，谁都不服气谁。嫩嫩的茅荑，剖开包裹着的嫩叶，露出纯纯的白色，干净得让人不忍用手去触碰，仿佛亵渎了一般。放一根在嘴里，茅荑马上就融化了，甜甜的，那是春天的味道。觉得不解馋，多塞几根在嘴里，才有了一点嚼劲。孩子们吃得很香，有时会提很多茅荑装满衣袋，当零食吃。

《诗经·邶风·静女》中描述了一对青年男女约会的场景，女主人公"自牧归荑"，有人说"荑"就是茅荑。女子从原野上带来茅荑，送给痴情中意的男子。这完全合情合理，恋爱中的青年男女，把自己喜爱的好东西拿出来同对方分享，增进感情，实在是再好不过的了。有的茅荑逃过了孩子们的小手，经春历夏，到了秋天，就会抽出或红或白的花穗儿，于是就有了成语如火如荼。因为茅草的花穗儿太显眼了，它甚至可以作为行军的旗帜，被高高地举起在队伍的前列，名列前茅就有了生动形象的出处……

茅草的叶子很有韧性，边缘有齿。据说，鲁班当年就是因为发现了茅草的叶缘有齿，受到启发，这才发明了神奇的锯子。茅草的根是一味中药，农村有许多草头方子，不需要花钱，却能治大病。而现在，向往返璞归真的城里人，餐桌上又多了一道美味，那就是茅草根。此外，茅草根还可以泡茶或煲汤，清热效果很好。

茅草会向天空生长，一直保持着站立的姿势，决不会匍匐于地。这是茅草的倔强。秋冬时节，茅草的叶子枯黄了，想要拔掉它们却并不是一件容易的事。于是，恼羞成怒的人类就点一把火，将茅草烧得光光的。只是，他们忘了，茅草有根，来年它们依旧生机蓬勃。

颜萍

写给孩子的一封信

和愉小朋友：

展信悦！

首先，祝贺你，圆满完成了初中 4 年的学业，祝贺你成为百年名校松江二中的学子。

从 7 月 23 日名额到校揭晓的那一刻，就意味着初中 4 年的学习生涯到此结束。这一程的酸甜苦辣，一颗悬着的、纠结的心，终于可以暂时放下。中考高考，从来都是几家欢喜几家愁的事，喜也罢愁也罢，地球一刻不停地转，日子每分每秒地过，所以稍事调整之后，我们就要开始赶下一站。拍一拍身上的灰尘，捋一捋凌乱的头发，系紧鞋带，准备再次奔跑。

当然，我们也要总结，总结是复盘，是为了扬长避短，是为日后不再掉坑，是为更有力量。回望初三，或者说回望整个初中 4 年，我不得不承认，孩子，你的底子是好的，你也是聪明的。六年级的第一次期末考试，你考了年级第二，这与你的底子和适应能力有关。在别的孩子可能还在贪玩、没方向的时候，你的成绩已经说明你很快适应了初中生活，这可能也与你自幼外教和小奥的熏陶，从小学得比较多有很大关系。七年级开始，疫情暴发，我们开始了很长一段时间的网课，几乎是一学期，在首次面对线上上课、宅家不出门这种模式，你表现还是不错的，但是此时的课程难度已经凸显。上课进度慢，但大环境就是这样，只能靠自觉。作为家长，也很疲惫，每天还要帮忙打印很多资料，还要转达 QQ、钉钉上的很多通知，云上传很多的作业。到了初二，"双减"政策出台，一时间补课机构大批关门，我们读的 XES 也不幸关闭，双休日的课外提升也就此终止。整个初二，成绩总体在可控范围内，历史中考也挤在全市 1% 之列。当年，青春期的躁动、情绪的波动，甚至少女的萌动，我都认为是正常现象，都是过眼烟云。紧张的初三就在眼前，我反而有点模糊了，是怎么熬过来的呢？我们又一次经历了网课，不过这一次也练就了我独自带你的能力。我们合作还算默契，你总是问我，老妈，你不紧张吗？我怎么会不紧张呢？但我是成年人，成年人的世界里只有坚持、坚韧。我不能给自己找借口，成年人要面对紧张焦虑找方法。

因为整个初中几乎没有区统考，直到初三一模，我才知道了你在区里的排名。你的排名超出了我的预期，老妈挺满意的。但你自己也知道，若是每门课再平衡一点，跨学科这种小学科能再长点分，你的排名就可能更进一大步。初三是辛苦的，一根弦不可能一直绷着，我也理解你喜欢在上厕所的时候玩手机，在吃晚饭的时候刷抖音，这都是你自己总结出来的休息方法。当然，希望你日后能有所改变，因为这不是一个好习惯。

初中 4 年，你一直担任班长，也早早地加入了共青团并担任团支部书记。这 4 年，我认为是收获的 4 年，是成长的 4 年，是励志的 4 年。但是你也要认清自己的不足，在自学、坚持力、刻苦度、情绪管理上的不足。毕竟，付出和收获还是成正比的。

面对未来，我有很多话想对你说，虽然平时我们也一直在交流，但借此写信的机会，说四点希望吧：一是做一个靠谱的人。靠谱是什么？意为可靠，值得相信和托付。一方面，我希望你真正成为自己的主人，自己可以掌握自己的命运，自己可以妥善安排自己的生活，自己可以有计划有目标地去奋斗、去拼搏；另一方面，你要成为让妈妈、家人、老师、同学都特别信任放心的人。人家能把重要的工作托付给你，把重要的知心话分享给你，把重要的岗位交付给你，你应不负众望，不辱使命。这样的人，才是一个靠谱的人。靠谱的人，才有未来。

二是做一个自洽的人。自洽是什么？字面理解自己和自己洽谈。那么很简单，就是自我的谈判，通过自我的对话，把自己谈舒服了，自己不受情绪左右。这是一个人成熟、成长的表现。我们为什么要控制情绪、不被情绪带跑呢？因为情绪是杀手，情绪会坏事，使我们可能错过最佳的机会、错过最好的朋友。自洽是可以训练的，现代社会成为一个自洽的人尤其重要。

三是做一个有格局的人。格局是什么？就是我们对事物的认知程度和范围。我们所处的位置，决定了我们的视野。只有站得高，才能望得远。为什么叫"海到无边天作岸，山登绝顶我为峰"呢？在鼓山上，可以望见无边的大海，海的尽头是天，海天相连，气魄够大。"风物长宜放眼量，牢骚太盛防肠断"也是这个道理。妈妈希望你，能够站得高一点，看得远一点，想得深一点，用心量、眼界去撑大你的格局。

四是做一个低调和自律的人。做人很难，尤其是年龄越大，接触的人越多，承担的社会责任也越多，碰到的问题就会越复杂。谦虚谨慎不张扬，把复杂的问题简单化，把张扬的事情平淡化，这就是本事，这就是低调。满瓶水，稳；半瓶水，晃。但最怕半瓶水还要忽悠，也怕满瓶水加热溢出来。什么意思呢？我们不要被人一捧就嘚瑟，也不能没本事瞎忽悠。这就引申到自律。明白什么事能做，什么事不能做，什么时候该做什么事，什么时候不该做什么事。从学习到工作到做人，统统适用。当你长大成人踏入社会之后，自律的人会明白什么是红线不可触碰，什么是底线不可让步。自律，可以让你走得很远且很顺利。

孩子，人生的路很长，关键的就那几步。中考算是第一步，接下来的路程中，高考是第二步。那么，就把高考作为一个小目标，你应该好好规划一下，这 3 年如何度过。希望你立长志，而不是常立志。妈妈相信你是一个有为的人。祝高中学业顺利，人生之路顺利！

爱你的老妈

2023 年 8 月 4 日

吴安

童年的玉兰树

　　小时候，家门前有一条宽阔的马路。马路两边灌木丛，每间隔 2 米左右种一棵玉兰树。两排玉兰树高大挺拔，整整齐齐，看上去格外神气威武。

　　离家门口最近的那几棵玉兰树，树干和我们那时的腰身差不多粗，树冠几乎蹿到了我家三楼的窗口。树上的叶子又厚又宽，在阳光的照耀下油光发亮，像一个个漂亮的绿色巴掌。每当玉兰树开花的时候，一朵朵硕大的花朵簇拥在一起，绽开洁白无瑕的花瓣，像一片片雪白的贝壳堆砌在一起，像一只只活泼的鸟儿展翅在枝头，像画像上菩萨坐的莲花座一样纯洁神圣，像能工巧匠精雕玉琢的一般晶莹剔透。再过一段日子，花朵下面就悬挂起一串串黄色的果实，像鱼子，密密麻麻，颇显丰收的盛景。

　　那一棵棵的玉兰树是我们楼上楼下一群孩子的好朋友。每天放学的时候，上了一整天课的我们身心俱疲，背着沉重的书包，一路数着路旁的玉兰树，不知不觉家就快到了。走到楼下，望一眼玉兰树，心情一下就舒展开来。

　　做完作业后，我们不约而同地聚集到楼下，开始丰富多彩的游戏活动。不知是谁提议玩过家家，大家四散开来做准备。无须爬上玉兰树采摘，只需沿着玉兰树下转悠一圈，过家家的道具就凑齐了。树枝是筷子，叶子是锅碗，掰碎的花瓣、果实和捡来的石子、小草是饭菜。一群孩子坐在树下的石凳上，刷锅的刷锅，洗菜的洗菜，烧饭的烧饭，盛菜的盛菜。不一会儿，一桌色香味俱全的饭菜就上桌了。白色、绿色、黄色、灰色的搭配摆盘，在一阵阵欢乐的嬉笑声中，腾空化作一场饕餮盛宴，吸引着一双又一双惊喜的目光，引来了一声又一声由衷的赞叹，仿佛谁家父母做的饭菜都不曾如此清香诱人过，仿佛满汉全席也不过如此。我们说着、笑着，端起小小的碗儿，假装吃得津津有味。过家家的快乐大人们不懂，我们只和玉兰树一同分享。

接下来，我们玩下雨的游戏。我们把玉兰树的白花瓣扯碎，攥在拳头里，数着一二三，一起往天上抛，天上就下起了雪白的花瓣雨；我们把玉兰树的绿叶儿扯碎，攥在拳头里，数着一二三，一起往天上抛，天上就下起了碧绿的叶子雨；我们把玉兰树的黄色果实扯碎，攥在拳头里，数着一二三，一起往天上抛，天上就下起了嫩黄的果实雨；我们把玉兰树的白花瓣、绿叶儿、黄色果实一同扯碎，攥在拳头里，数着一二三，一起往天上抛，天上就下起了缤纷的五彩雨……我们的尖叫声与一捧捧缤纷灿烂，一次又一次地一同坠落，落在玉兰树的枝叶上，落在玉兰树的树干上，落在玉兰树的树根上，落在玉兰树下的道路上，引来无数路人的目光。清新淡雅的植物香气弥漫在空气中，也飘荡在我们的心间。

然后呢，我们围着玉兰树，手拉着手，转着圈儿，走啊走，嘴里不停地唱着老师新教的歌谣。唱累了，我们就在玉兰树下猫着腰、瞪着眼，挑选树下最大的叶子和最美的花瓣。我们凑在一起，把彼此的收获放在一起，比一比谁拾的叶子最大，评一评谁捡的花瓣最美。俯瞰着我们的玉兰树，在风中颤抖着的枝丫，悄无声息地微笑着，似乎回到了和我们一样的年龄，回味着和我们一样的快活。

等到楼上的一扇扇窗子打开，探出一个个熟悉的脑袋，此起彼伏地呼唤我们："吃饭喽！"我们就收拾好各自搜集的花叶，奔向各自家里热气腾腾的饭桌。吃完饭后，收拾好碗筷，擦干净桌子，花啊，叶啊，草啊，就全铺在桌面上，展现出一片草木繁茂的美丽景色。然后它们被一双双手包裹在一张张白纸里，夹在一本本书籍中，还要压上更多更重更厚的书本。几天以后，打开白纸一看，纸上留下了白色、绿色汁液的痕迹。纸里的花啊，叶啊，草啊，都成了一张张精致小巧、绝无仅有的植物书签，用婀娜的姿态和清幽的芳香，引导着我们畅游于浩瀚的书海。窗外，高大的玉兰树依旧静静地站着，绽开花一样的笑颜，随风摇曳。

　　沉默的玉兰树，恰如温和敦厚的长者，用默默的付出缤纷了我们童年的美好时光。很多年以后，我们长高了、长大了，脑袋里渐渐装进去了一些知识，脸上慢慢丢失了原本的笑容。再后来，我们陆陆续续地搬家了，再也联系不到彼此。关于玉兰树的童年回忆，不知何时悄悄地消散在空气中。只有玉兰树依旧静静地守护着我们的童年基地，守护着我们关于童年的美好回忆。

　　那一天，我无意中经过老家。故人已然不再，楼房显得破旧不堪。抬起头，望一眼玉兰树依旧挺拔的身姿，闻一下玉兰花依旧迷人的清香，那熟悉的感觉竟令我瞬间热泪盈眶……

乔进礼

还乡琐记

身处异乡的人，大多有一个共同的认知，那就是还乡难，不还乡也难。

首先，说说还乡难，那说起来都是一把泪。首先，是工作忙，分身乏术。其次，是孩子小，要全程陪读。再次，是成本高，回去一次至少要花个大几千。还有一点是，怕得罪人，回去一次不容易，七大姑八大姨、亲朋故旧、同学兄弟，是不是要给他们说呢？说吧，实在是没有时间和精力都走一圈、会一面；不说吧，纸里包不住火，早晚会知道。何况咱也不擅长说谎，用不了多久自己就把实话说出来了。真正的亲人，大多能理解，就怕那些半吊子亲人和朋友，难免又要借此发表一些怨怼之词。还有就是，混得不好，近乡情怯；混得太好，招人嫉妒。家里人一问就是："你在大城市，一个月挣多少钱啊？"说少了，自己没面子，怕人看不起；说多了，恐怕也会招人忌恨，甚至招来一些借贷人，打肿脸充胖子，也是麻烦重重。更何况，我老家的房子也太过破旧，不堪再住，每次回乡诸多不便，真可谓还乡难！

再说说，不还乡也难。古人说"父母在，不远游"，又说"狐死首丘，叶落归根"。不回家肯定是不行的，家里有老人、亲戚，长期不回家，亲人难免思念，虽然有电话、微信等时常联系，但总不如逢年过节，大家聚在一起，把酒言欢。朋友们一起交流时常说，真正爱我们的父母、祖父母等至亲，一般会考虑我们的实际情况，不希望我们受苦，能回则回，不能回也不勉强。而说亲不亲、说远不远的人，难免要给我们更多"期待"。在异乡的假朋友、前同事，以及有一面之缘的点头之交、狐朋狗友，更有甚者是与我们存在竞争关系的"同行"，本来就吹毛求疵，也要找我们的毛病。长期不回家探望亲人，更是被他们找到了把柄。郭德纲说，如果要攻击人，最好从道德方面下手，不孝就是很大的不道德，难免要被他们拿来当武器了，真可谓不还乡也难。

人嘴两张皮，咋说咋有理。疫情之前，我几乎每年都回乡，至少两次。刚毕业时，自己还不能自给自足，回乡少不了被歧视、受欺负，甚至有亲人告诉我，混不好干脆就不要回家了，白让人家看不起。到松江后，工作较为稳定，也成了家。白手起家不易，只能省吃俭用。也要想办法，照顾家里人，如父亲、哥哥、奶奶等。疫情开始的第一年，因给哥哥办社保、族伯去世等事，回家3次。2021年，因给哥哥办理入院手续，奶奶做胆囊手术，回乡两次。2022年，因我装修房子等缘故，一年没有还乡。当时，便听到个别人说，不回乡探亲如何如何。总之，一个自认为占据优势地位的人，对另一个人能够使用的大概手段，无非是以下几种：拉拢、排挤、孤立、打击。为其所用，则说你好；不为其所用，则说你坏。看穿这些伎俩，我每次只能请其闭嘴而后快了。

说了这么多，不过是发些牢骚，该还乡还是要还乡。我写这篇文章的目的，也不是为了发牢骚，而是讲一讲我回乡的所见所闻，描写一下农村的现状。如果能让居庙堂之高者，或者身在城市坐而论道者看到，或许对农村的发展有一二补益，那是再好不过了。再不济，也可权做野史逸闻，若干年后或可补正史之不足，让后来的人可以了解当下农村的真实状况。

今年，族伯3周年忌日，这在我们家乡是很重要的。我们村在宁陵县边上，与民权县更近一些，所以我要坐车先到民权县。我本来想早回去一两天，无奈临时有重要事情要办，无法脱身。下火车时，已经是9月1日深夜1点钟。族兄坚哥先接到了我，我们年龄相仿，读书时是同学。我们聊了很多近况，也算是知己重逢。草草睡了三四个小时，第二日天刚蒙蒙亮，我们就一起开车回到了村子里。见到了爷爷奶奶、族中叔伯兄弟，以及村里的邻居们，大家都热情地跟我打招呼，这让我心里热乎乎的。

在外地的虎哥、大伟哥，是我的同龄人，我们几个是族中少数较早的大学生，所以我们见面也更加难得。办完忌日礼仪之后，大伟哥跟我一起，到我母亲坟前烧纸。我们一起逛了逛村子周边的田野，了解下村子周边的环境。近两年来，村子里的变化还是很大的。我们家老宅西边，生长了近百年的林场不见了踪迹，看起来整个天空也敞亮了许多。在我的印象当中，在我们家似乎很难看到夕阳，就是因为林场的缘故。田野里还安装了风车，用于风力发电。由于离村子很近，看起来十分高大，映照着蓝天白云，倒也是一种风景。

我和大伟哥、坚哥顺着田间小道往西走，看到了我幼年时曾经就读的小学。聊天时，我得知一个令人痛心的消息，这所我的爷爷辈曾执教过，我的父亲、我的叔伯、我的兄弟几代人在此读过书的小学，从今年开始不再招生了。原因是农村生源太少了，学生们都到县城去读书了。据说，前两年，整个学校只有十几个学生，甚至没有老师多，今年终于撑不住了。以我两个族兄来说，与我年纪也相仿，他们的孩子从小学一年级开始，就送到了民权县城寄宿读书，每周只能回家一次。我表兄弟家的孩子，也同样如此。想到这里，我很庆幸自己当年努力读书，这才给了孩子在身边读书的机会。至于孩子在身边，有辅导作业的压力，那是另外一回事了。

今年，农业农村部联合九部门发文，要求退休干部、退休医生、退伍军人、退休教师、退休教授，以及退休公务员、退休事业单位人员等，回到农村居住，拉动乡村振兴。我自己也跃跃欲试，觉得自己虽然离退休时间还早，但退休后也要回老家安居，为老家的振兴尽一分绵薄之力。但是农村年轻人匮乏，只剩下六七十岁的老人。尤其是附近这么多村落，竟然凑不齐一班学生，足见农村儿童数量之少，这让我对乡村振兴的未来深为忧虑。说到底，乡村振兴是人的振兴，没有人，一切都是空谈。

这次还乡，我除了参加族伯的 3 周年忌日之外，还有一个任务。那就是老家的房子已经不能住人了，应该重新建房。可是否有重建的必要，在这一点上，我与妻意见相左。我认为，老家毕竟是根，没有房子，逢年过节想要回去，住也不方便。妻则认为，我们一年就回去两趟，也很难住到 10 天以上，建了房子不住人，纯属浪费，由着它变破变烂。我本来内心里是一定要重新盖房子的，而且要好好地盖一座。可是乡村的现状，又让我产生了犹豫——因为我真的能在农村度过晚年吗？照这样下去，到晚年时，我的村子还存在吗？因此是否有盖房子的必要，房子应该花多少钱，盖到什么程度，我至今仍有些彷徨。

念及于此，我希望关注一下农村，关注一下农民。毕竟，农业是立国之本。没有粮食，工业再发达，还是无法让人填饱肚子。

某月某日，我借上堂叔的新能源汽车，带着奶奶去探望在县城精神病医院里治疗的哥哥。哥哥的状态有所好转，面色和神情都正常了不少。这次见到哥哥，我没有流泪。或许经历了许多，我也变得更加坚强了吧。哥哥有一个地方可以栖身，希望有更多的人，能够享受到国家发展的成果，尤其是出生在农村的人。

魏叶

琅琊漫行

一句"环滁皆山也",便给莘莘学子留下了浓墨重彩的一笔。我亦如此,直至毕业 10 余年后,依旧不时想起这句话。

常好奇于"太守"的"山水之乐",便在和大学室友计划好六一出游以缅怀少年意气时,偏向了旅游业并不发达的滁州。原以为准备工作是"争分夺秒"的,但临时起意的行程并不紧张,在购买高铁的时候尤为庆幸于滁州的"静默",不同于名冠天下的黄山,往来滁州的人并不多。

在小红书上看见网友们堵在黄山上难转身时,我们坐着高铁笃悠悠地驶入了滁州,吃了一碗热气腾腾的拉面后,便前往了这座滁州人茶余饭后用于锻炼、遛娃的后花园——琅琊山。

从远山起步,已经开始幻想"树林阴翳,鸣声上下"的场景。我们和欧阳修的进山路径恰巧是反着来的,在山脚下搭乘公交逐步驶向山顶,边深入边打趣:"欧阳修你可别骗我啊!"

可能是时节差别,山中未闻"野芳发而幽香",却沉浸于"佳木秀而繁阴"。蜿蜒山径两旁古木参天,午后阳光散落在树梢,洒下斑驳光影,为静谧山林点墨缀色。山道上不时有零星路人,或散步,或休憩。山涧里有几个孩童在打水仗。流动的溪水很浅,却汇成一幅生动的画。

登顶琅琊阁远眺时，"环滁皆山也"从只言片语跃然眼前。耳畔微风吹拂，檐角荡起惊鸟铃清脆的悦声，远处山林盘绕，风带走了初夏的烦闷，迎着清凉微风和室友们合影后发给了远在甘肃的另一室友，心中豁然开朗。

沿着石级下山，古刹、石碑……仿佛都在跟我诉说着过往的趣闻逸事。直至到达醉翁亭，它好似和我想象中的并不一样。矗立在庭院中的醉翁亭，已不是欧阳修醉酒时的模样，它早在朝代更迭中毁于兵火。现今圈在庭院里的醉翁亭，已是重建后的"赝品"，失了一分野趣。就和我们困于生活中的纭纭黔首一般，少了些许活力。

朝而往，暮而归。山野之乐略有体会，迎着夕阳恍惚间想起多年前室友们一起爬佘山的情景，好像我们就爬过这么一次山，然后便分别了，是相隔2000公里的距离。太守广邀好友的宴酣之乐，让我有些神往。

哼着小曲下山时，恰好收到远方室友的回复消息，她在值班。打趣几句，一路往前。彼此困于生活，却常能开个玩笑。

欧阳修其实没骗我，四时之景不同，若是有机会，邀上年少时的好友，再去看看"日出而林霏开，云归而岩穴暝"吧。

云间笔会
2024

诗　词

王迎高

与一滴沸珠泉对话

一

一扇岁月的水窗睁着眼，一股潜泳的音频开着白莲花。

一串晶莹见底通晓人意，一簇喷珠吐成"泉圆泉水水泡园"。

鸦雀无声的尘世，需要大声说话的人间烟火与滴答涉目。

三山环抱的东湖，需要一滴水的穿石、昙花一现和满水不溢。

一滴泉的岚岫上升时，一只山鹰在飞，一棵喜树跺脚急着长大。

一滴泉呈现饱满时，一缕月光从一池舞衫歌扇里敲响一排编钟。

一缸水的清澈里，总有一伙沙砾的浅铺和岩漏的致远。

一潭水的虹吸，总有无数身体用骨骼敞开所有缝隙的挤陷与渗沥。

二

只要有掌声，一滴水就有自己辽阔的擂台与讲堂。

只要有预约，一块石跟另一块石的相随就是一辈子。

只要有拨冗，一个园径盈丈，刻诗文，涌琼浆，吐玑琲。

只要有知悉，一池珍惜就会在储藏层间走近、开卷和压脉。

一些水的秤砣，解读内心的重，荡漾赐名的轻。

一些水的尺深，藏着云朵的记性，识达的书库。

一些水的亭阁，驾鹊天钩霓裳，望远坐东朝西的第观。

一些水的一溪旁流，载着炎夏的凉、寒冬的厚衣和"天下为公"。

三

窝在一滴水的山里，时间永远不会漫出来。

趴在一个圆的肩上，一副担子荡漾起晃动归途。

于是，声波有了指尖旋律，沉珠奢侈浮光掠影。

于是，水底的绸缎绽放祈福的回敬，光有了柔软曲线。

在沸珠泉，就有这样一群水。

他们情同羊左，合二为一，合胆同肝。

他们将生活湿悟出宽的拐角、深的豁达和渊源的胎动。

四

心满了，那个搬运纯洁的人。

把最好的、最素的、最在意的从胸口掏出。

流成一羽蝉鸣里的一盏文昌烛语。

流成一粒莲子内的一叶贵人小舟。

流成一阵雨的天造地设和风调雨顺。

流成一只墨砚的五指齐力与软硬趣味。

流成一景的八角天窗，满眼的榫头卯眼。

流成一棵苞谷臂膀间的平仄金句和排比陪伴。

流成一座山的一夜酣眠，一条水的雕檐童话。

流成一块画栋匾额上的珠圆玉润和"天下第三泉"。

流成一地的邂逅比重、循环深度、垂向仰望与彩帘倒挂。

五

平淡中寻找平淡的眉梢。

溪流里过滤溪流的混杂和落差。

蓄聚之际，做一群干净又有动静的人。

泻溜之间，是一群有温暖、被享用的人。

是非面前，让一群有态度的人终年不竭。

在南城，每一滴水都誊写着简单的留白倩影。

每一滴水都是一壶鸣叫的自我、一框照面的镜见。

在上唐，每一户黛瓦里都住着可以触碰的淳朴。

每一户白墙外都种着煮沸的人勤物丰与依山傍水。

包剑钢

夏风与狗尾草 (外三首)

不知夏风何处晃摇

我安然地嚼着狗尾巴草

惬意躺在土坡小道

想象着远方有多奇妙

不知夏风哪里妖娆

我悠然地摇着狗尾巴草

安然坐在老巷转角

畅想着未来多么美好

不知夏风朝何方飘

我静静地捧着狗尾巴草

安然站在林间小道

思索着远处有多傲娇

老友，你可听见

你已悄悄地归入了尘土
我的心中响起了思念旁白
你那温暖而亲切的名字
多少次在我心中默念发呆

相伴的欢乐时光
如今只留回忆，伴我徘徊
岁月匆匆而过，不曾停步
思念如浪击大海

老友啊，你是否听见我的无奈
我知道：在梦的彼岸你在等待

梨花开，故人来

当一树梨花
终于绽放为一池的画
默默无语的等待
终被你婉约成无言的诗话

站在梨树下
一起欣赏着春天的花
花瓣如雪般飘落
也让你静默成肩头的漫画

故乡的苦楝树

祖屋的后院有一棵苦楝树
它高耸入云枝繁叶茂

春天苦楝绽放出紫色的花
宛如云霞绚丽多姿
夏天苦楝的叶子变得更翠绿
弹奏着一首夏日的乐章

秋天苦楝的叶子渐渐变黄
像金色的蝴蝶翩翩起舞
冬天苦楝的枝头挂满了雪花
洁白无瑕银装素裹的宁静

苦楝树你是故乡的一道风景线
你用四季的变幻装饰着水乡的美
你是我童年的伙伴
多少次与你梦中相拥倾诉思念

半岛

纪念母亲（外一首）

信佛的母亲做素饭
她给灶膛添木柴
最粗的柴像她瘦弱的小腿

突然咔咔声响起
灶眼蹿出一群火星
母亲倒地，哇哇叫

我以为母亲的腿骨折了
使劲按她躺平
她使劲推开我

母亲手指灶膛
我看见像她小腿的那根柴
已折成两截袈裟状的火焰

我惊讶的眼神折成四截
沉入母亲的眼潭

臀　印

跑步健身
过加拿大灵岩山寺
坐它苔藓杂草乱生的石级
稍息，汗水腌地

每天重复这件事
石级上的苔藓杂草逐日消失
长出臀美学的印迹
我不知是谁的，跑步的人很多

一位华侨对臀印说
这是他见过的独特的一方净土
并给它敬香
与敬佛祖的香一样多

洁事无国界，洁物无分别
干净平等的事物总是令人肃然起敬

沈亚娟

七律七首

小昆山谒二陆草堂

车转山前入眼松，春攀小径拜书宗。

草堂翰墨腾清气，台阁兰章吟壑龙。

玉竹曾经凌雪断，新篁犹是带霞重。

休言鹤影无寻处，立在云间最顶峰。

观吴塘村明代牡丹有怀

粉艳牡丹殊可亲，当年惠赠故乡人。

三分沃土植嘉谊，五百芳春避垢尘。

金宅迁居虽抱憾，花王仍在感怀真。

漫谈风雨护花史，八秩阿婆如女神。

为中国女足亚洲杯夺冠而作

出征异域遇寒冬，初战未赢霜雪蒙。
绝地攀追不言败，横天拼杀逆翻空。
两球掼转摧坚壁，一脚反超立骏功。
捷报传来九州动，如潮欢庆泪熏风。

喀喇昆仑致敬卫国戍边英雄

青山凝眺泪难干，折翅雏鹰葬雪滩。
驱寇宁须流血尽，卫疆不可失沙丸。
五雄身架昆仑脊，九域民安社稷盘。
面向边陲默垂首，绮峰无恙英魂看。

看"百舸争流"石咏华夏精神

久沉江底自甘卑，万载冰心志不移。
质被岩磨骨坚硬，形因浪打貌英姿。
身披西域弥天雪，情荡南洋百舸旗。
拊掌堪嗟芙月面，偏书华夏奋蹄诗。

莫干山行吟

绿野青峰润眼明，流泉飞瀑伴吾行。
千年秀竹未曾老，万里碧烟时而萌。
岚雾香风催好梦，花溪绵雨甚多情。

岭岗试手撷云朵，尘路迢迢擦此生。

陪母到人职医院看病感兴

陪慈故地来求药，弹指光阴四十年。
小院珍藏春梦想，疏窗久别断乡烟。
周巡物是人更易，坐诊身倾语若前。
谁在回廊惊唤我，抬眸语塞破心泉。

梅芷

春夏风物（组章）

梅　雨

用自己的丰盈和爱来诠释梅雨季。雨从天上来到人间，急速的飞流瀑布，帘幕重重，万物隐匿；缓慢如溪水，潺潺着从容和淡泊，世间一切都祥和。是倾泻的直白，是娓娓絮语，是潮音起伏，是檐声的昼夜不倦。下下停停，在光影的变幻中延绵。

雨亲吻大地，碰撞出心灵的火花，白色的精灵旋舞、跳跃；或画出一个个圆融的美满，荡漾着幸福的交集；或是花朵含在嘴里也化了的甘泉。

去留无意，雨润泽大地，就有丰茂葱茏的精神，有清新脱尘的气质。无法让雨来得慢些，让身体每个毛孔拥抱更多雨意。去心是决绝的背影，但雨依然落在长夜清凉的梦里，回眸的记忆阑珊处……

女贞树

普通如街边屋角随意栽种的树，故而隐去了名字，白绿色的花如叶一般忽视了存在。

吸引脚步停驻的是枝叶散发的清香，将浓郁沁入行人的心脾，驱走了俗尘杂念。那是树儿采集阳光、雨露酿成，满溢的花香回赠季节的炽热、浓烈的恩泽。

这寂静的下午，仿佛宋词里凝固的时光，也是楼上少女香甜清新的梦境；这满溢的芳香，是寄赠给远方的思念和怀想。

那幽香穿越宋词之美，辗转风雨，我们的灵魂依然有香气，步履所带动的光阴也是芳香的。

美人蕉

从古代书生笔下走出，屏风前的美人，手执画扇，红颜绿袖舞娉婷。降落凡间，只一段断垣残壁就能安放一生。

无论现实怎样凛冽和黑暗，她总能收拾好残枝败叶，让自己一次次重生。蛰伏地下勤勉力，蓄积着引红吐绿，用织就的轻绡描绘成最美的图画。

明艳的玉壶抱着冰心，燃烧的火焰守着素心。闯入眼眸的美人蕉，如粲粲流星划过我们的心空，照亮了尘根。

油菜花

只要有春风的地方，就率性地开放，开得热烈、繁复；只要有土地的地方，极尽铺陈和蔓延。水一般无法拘役的灵魂，直至天涯海角，生命在行走中有了意义。

春风阳光是雕塑家，光影移动之间，雕刻成无数小小的我，铺天盖地，比太阳明亮，比星星耀眼。波涛涌动的花海，是春天提着无数的明亮小灯笼。明艳、繁盛，一扫人间的灰蒙，从天上到人心。

明灯次第熄灭，但总在我们的心田摇曳。浩瀚的明黄，总在前方给我们指引、启示、提灯照路，不再孤独忐忑和畏惧。云朵的拥抱，星星的光明，让我们也成为发光体，有光有暖有触摸得到的希望。

漫尘

南方温度（外一首）

阳光在切割，也在捕捞

南方的温度正在偿还

冬债。是的，曾经一起在

山沟沟里做帮扶的兄弟

没来得及招呼，说走就走了

赫章的杜鹃没能留住你

阿西里西的韭菜花再也等不来

你温润中带点辛辣的魂

大山包草甸枯黄

死亡在春风中积压了那么多

地址不明的快递。兄弟

南方温度带来了繁花

像沉默已久的网络电话，一下子

在广阔原野爆响

却没有哪一个能唤醒你

你再也不会接听，你眨眨眼
你的北方口音正在融化
你的眨眼既俏皮又敦厚，像说
兄弟，等你返回山沟沟里的坝子
别忘了替我带个好

是的，那是我们生命中蘸着雨水
和冰霜，擦亮石头，有阳光的日子
我们都收进玻璃体温之中
兄弟，以后的日子我们照样过
咳了喝念慈庵，饿了吃荠菜团

春的腹语

小雨过后，太阳出来了
（是的，阳光长满箆子的细牙）
三月有一天叫作龙抬头
（是的，你抬起狮子般脑袋）
你有空，就和我换一辆车
（好的，雨刮器换船桨，好天气可泛舟）
你若没空，请把掌声还给手掌
（不，凭什么总是我做群众演员
春天的墨水自觉变绿）

桌上香梨赶紧吃掉，没打蜡哈

（可怜的小东西，多汁多肉

我们防冷不涂蜡。丰腴多汁真的好）

春天？你知道春天最容易小咳嗽

你的过敏是短脖子小狗

呼哧呼哧追自己的尾巴玩

（春天是小狗，办公室里的胶原蛋白

妹妹，她们是电脑屏前的宠物主

她们心尖涂了一层蜡，需要灯芯草）

生有多恼，死有多寂，活有多深

（我们把冬天的污垢揩干净，摆上烛台

灰有烬，火有星，尘埃终落定）

再过些日子，河床下降了，明前螺蛳

将怀孕，恭喜你的舌尖，将欢娱

（我揩干净舌头上的灰，我的欢喜

一阵阵从腹部发射相控阵波束）

夏青

于无光处（组诗）

盲洞食人鱼

一些事物，不用混沌的眼睛去看它更清晰
若耳朵比眼睛更真实

就去盲洞里做一条食人鱼，
它听到的世界

会庞大到无法理解，但纯粹，让人心碎
在空旷的黑暗里，白得很具体

洞穴水蛭

冰冷、深洞、雪白，手指状的触角，
紧紧围着看不见的唇齿

蜗牛、蠕虫和血是旁观者。
它吃什么，咬住石头，它吃什么

在韦莱比特山，它叫梅斯特罗威奇科
不以我们所知的任何物质为食

洞穴甲虫

闪闪发光，直接叫霍根沃特病毒
这是人类对它的称呼，我想它很委屈

重新对它描述苍白、失明、长颈
引发了深穴生物学的开始

我感觉自己也有一身硬壳
在黑夜包裹的白天，伸出躯体回到 1831

深洞鳟鱼

惊人的特征被忽略，沉入或塌陷的头骨
本属的种类，全视表面的鱼

一些是半潜水的，眼睛小而弱
而另一些是真正的穴虫，失明、失色、进化

我们也叫它鱼，是虫化的鱼

我们从鱼而来，而它正从鱼进化到穴虫的形态

无眼蜘蛛侠

一种蜘蛛有狼性，是猎手，它有八条手臂
是一只完全没有眼睛的天狼星

浅灰、透明、有毒，有毒只对人类有效
我不敢直视它，我有眼睛

用触须替代眼睛，一对虚弱的眼睛到更典型的
八只住在洞口或野外狩猎的眼睛

王民胜

怀念那些曾经拥有却已丢失的 (外二首)

有一种相思
不是胭脂的嫣红
不是在深秋的向晚
期待一次久违的相拥

有一种思念
不为催雁的西风
不为那匆忙的人生
安排一场异地的相逢

只是那一枚秋海棠
总是能撩乱我的衷肠
如离酒能醉千觞

只是那一张秋海棠
总是伴随着一抹忧伤

如述北国的沧桑

茶山游感赋

截一段春光
赠给生命的花朵
绽放，是回报春天的笑容
凋谢，也要荡漾在碧波

每一片嫩芽
是风摇曳的轻歌
滋味，那是对生活的奖赏
清香，也曾纵横在阡陌

陪友人登天马山留云阁

不登高如何懂得辽阔？
不赏云如何能解闲心？
仙宫的一纸诏书，如何
能抵此处的山色半分！

坐拥青山学李白狂歌，
仰望重天赞几片白云。
我做主人，邀清风为客；
我做山人，却难断世尘。

问流云携来天露几滴？
能否疗愈河流的悲伤，
让游鱼再添几分欢喜？

最难忘怀的是那往昔，
难以阅尽的却是沧桑。
登高吧，听风对你细语……

吴文利

天净沙·中秋（外三首）

皓月星淡天涯，暮风轻浪渔家，一片天灯影斜。三生石下，静临归梦无瑕。

天净沙·重阳

碧空鸿影云悠，紫藤廊下茶楼，柿子花糕适口。重阳酬友，化开淡淡乡愁。

天净沙·秋望

红枫古渡朝霞，晓鸥戏水津涯，十里青波稻华。心闲辞夏，独吟秋露蒹葭。

采桑子·清明

燕儿穿柳东风戏，草叶初肥，樱蕊纷飞，彩凤翩跹逐翠眉。　　清明未雨情依旧，试换春衣，拟写春题，随俗从流放鹞时。

子薇

松月（外四首）

龙脑、松果、松针、陈皮

小青柑、荔枝壳、迷迭香、香樟叶

这是八味植物研磨粉

制成的香囊

此刻，月上松梢

一泓幽香

一弯细细的冷月

一盏明黄路灯

她在村口，夜静得

听得见松针吹动风的声音

好吧，这款香囊

就叫松月

星希观感

——赠吴冰儿

她睿智的眼光，明媚的

笑靥，化作守护之力

的晨曦和远方

如潺潺溪水

如殷殷涛语

我在星希，等你来

渔梁老街

练江，在一朵络石花

香里，荡开初夏热辣般的涟漪

先古智慧，让渔梁坝

蜚声于滔滔江水

我用半碗碎月

丈量李白的问津亭

用水雾弥漫的笔触

勾勒白云禅院

白云轩的仙气

她蹲下来，低头

听涛

以鱼鳞般快闪，捕获

古镇每一处肌理，这

避世的桃花源

我梦里的新安江

画里的

水乡谣

春　语

她把葱郁给了山坡

把涟漪给了白鹭

把薯蓣的攀

爬给了

一面老青砖墙

最后，站在老街的

邮筒前，她把自己

投成

春语

千雪斋

龙游梅，依旧在菜园里

兀自开

红梅点缀，美食有魂魄

罗汉松叶片，灼灼其华

奶油草莓，用她写诗的

右手摘下

悬挂的刺子绣，枝叶在杯垫里复活

果木炭，温暖的弦指向

笑靥的女神

烤烫的手，没事

乳香薄荷调制的精油，让我

为你涂抹

李潇

在人间（外二首）

四月的夜晚气温适宜

一个人站在树下抽烟

我刚散步回来，经过他时

烟味很浓，烟头一闪一闪

他一动不动，像一尊雕塑

周围绿色在变深，再变黑

他和烟味被夜幕渐渐覆盖

在走远。我终于到家了

客厅刚换不久的灯特别亮

我适应了好一会儿

雕塑一样的他是否更黑了

此刻没有虫鸣，也没有鸟叫

春天有很多衍生物

有人说，时光不喜欢陈旧

每天都换一个全新的样子

不像时光里慵懒的人们

我们都活在陈旧的人间
包括那个树下静静吸烟的人
每天努力把自己擦亮一次
直到擦成一个个伟大的虚无

火，继续燃烧

休眠的火山终于醒了，
这沉寂多年的重逢。
刚出梅，就遇异常的高温，
有人还是点燃了一堆大火，
温度抵达顶点。主谓短语叫火烧，
而烧火不仅仅是动宾关系。
透过外焰我看见一个不停抖动的人，
不，是一团人形的火向火堆移动。
又有一团人形火向火堆逼近，
阻止这些火是不可能的。
火是消肿效果最好的药。
止不了渴，消肿仍无济于事，
水。但是水离我还很远，
听其自然吧，暴雨正在酝酿之中。
水也是一种贵似香水的油，
不用加油，不涂香水，
火继续燃烧，身体依然芳香。

你我的存在是虚假的

你我的存在是虚假的。
我是说在剔除所有附着物之后。
人的存在经不起推敲。

你当然不是我，我也不是你，
我不是我，你难道就是你吗？
连"这是春天"我都不敢确定。

怀疑的目光刚投射出去，
月季、蔷薇、络石、酢浆草暂停绽放，
蜜蜂入定，花香凝固再一块一块掉落。

风愣在树梢上，阳光停止舞蹈，
时间倒着流淌且越来越快。
后视镜里大树、屋舍和土丘纷纷向我砸来。

"这是一个无解证明题。"
我立即解除怀疑警报，
赶紧写一首诗，压压惊。

朵而

乌鸫（外三首）

停下笔，膝盖上光透亮起来
催促你画下羽毛的那只鸟有名字
不愿去落款了，白描比任何时候骨感
站在枝上，它是谢幕者
最大的王

真相比鸟鸣脆，穿透身体
见不到一丝曲弯，绘本
手一捏就见底了
所有插图还等着设色

完全停笔。花瓣上
我们很小心，需要惊叫来掩盖

给晚霞打卡的人

只有到了深夜，一切都可确定

没有人可以夺去，都是自己的

包括喷嚏、咀嚼

包括清理耳朵、牙齿、指甲

白天有白天的好，明媚的花开在一起

拥挤的车扎在一堆

人的眼睛，如此多

晚间的好，在镜片后面

牙齿、指甲，有蚕宝宝特征

可以骄傲地发出声响

上次我们聊起手指

未将指甲列入身体范畴

它们自由、傲慢

有大象神韵

对于走过一座书城

拎出尾句的人而言

拼接推土机的孩子

坐在光里聊起塔的人

把一半影子分出来

大象、蜗牛，昨夜扮演了喜剧

后背、嘴角还粘着泥巴

这么多隐喻跑进角色，推土机

开在白色床单上，花朵形体

而树叶在墙上变身，羊皮灯罩

森林女王、毒蜘蛛

我不去关心这些弧线

我关心另一半影子

没有荒诞，愿意挨着光坐下

祖母的院子

蔬菜，萝卜、红薯、土豆

长在地上

地下，有蚂蚁、土拨鼠、蚯蚓

正用野的力，来到人间

发烧的孩子，在木板上画圈圈

一辆马车从风里奔出来

你能想到的也就如此

榉树每次张开，乌鸦

清凉的回声，就有了

徐俊国

俳句：致滴水湖

在楼房里住久了，身体成了积木。
去滴水湖，恢复一下人的形状。

向碧波学习荡漾，戒掉忧伤。

喜欢时间是圆的。
每天，顺时针，沿湖走一圈。

无欲，无碍，无忧患。
灵魂闭合，没有终点。

生活过于沉闷，看燕子尾巴沾水，
制造一些好看的涟漪。

我说的微型钢琴是一只洁白的海鸥，
弹奏着滴水湖，却向往大海的演播厅。

美就是翅果如蜜蜂的运输机被暴雨击落，
而我轻轻捧起它。

在草地躺了一下午，身上产生许多褶皱。
风用波浪熨过来，好清凉哦。

世界寂静，秒针柔软。
众鸟归林，彩霞满天。

陪你，滴水湖看流星，
一言不发亮晶晶。

来年春天，滴水湖赏樱，
白发苍苍的人芦苇青青。

向滴水湖借一小段弧线，
度过平铺直叙的一天。

有人慢跑，有人扬帆，
我带回一朵浪花，轻轻放在枕边。

万家灯火，没有噪声污染，
大海澎湃，我爱一滴水宁静无价的失眠。

鲁培栓

七绝十首

仲夏雨后郊游录

凤惊荷醒银珠动，花影重重云影重。
正是游方好时节，偷闲半日逐春梦。

咏杨梅

烟雨神舟五月天，杨林馥郁满江南。
贵妃醉酒朱唇启，才识人间酸与甜。

冬日抒怀

西风浮动影疏斜，沃土怀春根暗发。
一夜扶摇千万里，神州桃李竞开花。

游桂林天湖

遥望瑶池不见仙，天湖玉浪起白烟。
扶摇直上三千里，疑是天庭在人间。

早春踏青

岸柳才观半树黄，田间已嗅漫畦香。
东风忽洗一空碧，二月人间春满芳。

甲辰正月登皖西花岩山

峰高岭陡幕云遮，深谷无涯听水歌。
一旦登临东玉顶，长镖破浪大风车。

冬日登高遐思

北风寒啸楚天苍，极目齐衰看落黄。
一夜琼花飞玉树，人间何处觅秋芳。

咏　竹

大雁南飞北宇寒，绿姿晴翠未阑珊。
天生一副傲霜骨，只许清誉在人间。

乡村偶见·咏枫

村孤路远吠声重，青瓦柴扉一树红。
本是深山迎雪客，却迷人世偶东风。

漓江竞舟有感

碧水飞舟画上逢，仙人指路问苍穹。
秦皇伟略收三郡，后主流连不忆蓉。

古铜

慈悲（外二首）

印度佛教徒

不杀生

为了吃鱼

他们竖起刀

把鱼

往刀锋上推

鱼的死

就算跟他们无关

流浪者

人一出生就开始倒计时

分娩、割脐带、牙牙学语

走路、上学、结婚、养家糊口
都是告别

坐车、登山、生病乃至酩酊大醉
血缘的河流被时间截断
亲情因距离渐次淡化
鲜活的，脸和身影慢慢枯萎

火化。出殡。骨灰入土
才是真正的归途

风之锋

风缓缓抽出它的锋
向我步步紧逼
我在舒适中被慢慢收拢

像做爱一样
被包裹住
然后发现那是一种咬合在加深

猛惊秋之统治
君临万物中渺小的我
陶醉于剔骨之痛而无法自拔

清水

柔软的金黄在大地生长 （外一章）

在葵园，草木的身体里都住着一颗葵心。

柔软的金黄在它们内心快速生长，长成贴地的藤蔓，长出呢喃细语的新燕。葵秆挺拔，硕大的萼叶一层复一层，由脚下延伸到坡顶，又从坡顶辽阔到天边。它们时时提醒我，枝干坚挺，果实沉重。

它们是大地亘古不变的信仰。

姑娘们仔细辨认被葵点燃的火焰，那些细小而明亮的深情，停留在最温婉的相遇中。

鸟鸣守望在天空。草静若石头，匍匐在低处。

草是另一种鸟鸣。

一切是那么缓慢，又那么迅疾。大地柔软了葵光中的事物。

最小朵的苜宿也让空气泛出淡淡清香。

而我，空出身体，将自己的影子虔诚地埋入柔软的金黄。

我们和孩子一起注视万物

银杏未著子，葵园已领秋。

葵盏从牛的眼睛观察世界。造物主给牛诚实的眼睛，让它收藏缤纷繁沉的秋天。风吹老牛，轻抚它脸庞。牛听从来自太阳的呼唤，恍若进入一个金色的湖，摄下天空和云影，那些留在密林和山野的蹄印，被葵朵掩映，成为蛐蛐、豆娘们的乐宅。

老牛交出秋的硕果，远山交出天空和鸟鸣。

孩子们把手伸进游走的云朵。天上的鱼群，是否身着黄金鳞片，游弋在自由的花海？

光影斑驳，生命芳菲，热烈的红花，是否也在等待下一季的凋谢，融入尘埃，落进泥土，然后发新枝、抽绿芽，重新长出新的光芒。

我们和孩子一起玩耍，一起注视万物的表达。

我们日渐沉重的身体，长出了细密星辰的花瓣。

洪丽

端午（外二首）

想买一张归程的船票

故乡已经没有

可以停泊的港湾

呼兰河边的艾草

只在我的记忆里

生长过一次

那一年端午

我抱着女儿

遗失了一只鞋子

从此

一艘小船

日夜在我的心海里摇荡

直到今天

还没靠岸

村 居

青苔苍绿，晚霞涂抹村庄
屋顶不再飘起炊烟
蛙声寂寥

麦浪起伏，庄稼照常呼吸
粗糙的手指，抚摸泥土
岁月的汗水，浸泡过每一粒种子

老井黑色的水桶，提不起沧桑的记忆
弯曲的田埂，通向远方
年少的孩子，全部走失了

一场雨水

打开喷头
刘德华的《天意》也就落了下来

花了一秒钟把自己淋湿
花了六十分钟冲洗点点滴滴的往事
花了五百年
擦干脸上的泪痕

如果真的无处可逃
就再淋一场雨

牧野

我用写一首诗的时间打个盹 （外一首）

浇花喂鱼，种瓜遛鸟

这些体力活（此处可以会心一笑）

我是不会让家人干的

从一个花蕾到盛开

一条小鱼到抱卵

我喜欢，陪它们走过全部过程

我会用写一首诗的时间打个盹

然后打开阳光，重复着乡间生活

观察一粒种子，是怎样长出瓜果

一只雏鸟是怎么破壳展翅

这也是我，开心的时刻

有时，我还想种一本书

看看写诗的人，是如何被大地养活

　　　　　阳光下的假面

美好的事物，是美丽心情的结晶
一个残阳，一只孤雁
一片在风中飘摇的落叶
或者一只猎豹捕食的画面
往往就会成为，人间的美景

不是所有在阳光下的，都阳光
也不是所有在黑暗中的，都黑暗
熙熙攘攘的七彩人间，所有人
都戴着有色眼镜，看到的一切
或许，都是自己的假面

只有在醉后初醒的黑夜中，我的眼睛
才可以看清人的模样
一张张熟悉又陌生的侧脸
被岁月侵蚀的轮廓，以及刀的阴影

陈中远

一滴海水上的自画像与稻草人 (外一首)

我善于颠覆人们的初见吗？
半岛的风和阳光把我打磨成粗糙的农人。
在四月至十一月的扬尘中，
我又一次迎来坠弯枝条的紫葡萄；
朋友，最大的那颗，就是你的初见——
面皮酱紫，双手皲裂，偏瘦，走路像
七级的海风……

我并非一向以农夫示人。你看到的
立在葡萄园里的稻草人，其实满腹锦绣。
农闲时，我们会去海滩上坐一坐，
我卸下堆积在胸中的垃圾；他把一些
五彩的贝石，鸟鸣连同涛声依次放进内心。
我们也在星辰满目时写诗、对吟，
一起梦见瑰丽的黎明。
冬春季节，我们彻底闲下来，就在

丘陵上搭建白色小教堂，在
诗中为我们的友谊
竖起纪念碑。

祖拉夫斯基说过，生计是动物做的事，
写诗是另一回事。
我偏执于一边做谋生的动物，
一边在奔忙与挣扎中寻找金色的词语。
粗布麻衣多舒服，生活不塌方，精神不孤寂。

再次回到初见时刻，无须言语了吧，你澄澈的眼神
已告诉我，一滴海水就能囊括我的一生。

更年期
——兼致诗友吕延梅

青丝与白发纠缠在一起
茫然且烦忧
我们想要的飞翔
被挟持，随铁鸟高飞
悬窗外的云朵很年幼，犹如
我们心目中不曾长大的
理想主义的拖影，单薄而无助

脚下是阒寂的分水岭
日与夜的两端都是

断崖。我们春风得意的矛

变得迟钝，进攻越来越少

妥协越来越多

一念之间的事物竟

成为冥思苦想的天网和地牢

你说胃口尚好，但情绪的潮汐

无常，精神冰火两重天

我能拿得出什么，来安慰你呢

多久，我们没有放开嗓门唱歌了

还有那久违的被捧在手心里的感觉

智慧之门外喧哗的姹紫嫣红

皆为幻象。人过中年，仿佛有

这样梦醒的一瞬

让我们用简牍扎下篱笆吧

养心轩内，任由茶气与兰菊的香相得益彰

静听微凉的雨水叩响

廊檐的青瓦

李洪涛

植物园（外三首）

一大早醒来

是因为一个胡同

昨天的妻子，前天的妻子，现在的妻子

我有三个妻子，一只小软猫

印第安人的三角标回来了

苹果里有花的种子

完整的森林

在河边

我找到几样东西

我把它们放进河里

匆忙的人面对寂静，寂静大于寂静

我也是，港口、嘴唇、飓风

最爱时想吞了你

在剧场

他们将身体装入袋子

在露天打开，美丽的穹

日落将是一幅壮丽景象

滚动的轱辘

瓢虫、红药水

植物园里的塑料椅子

是此时唯一的椅子

植物园，空荡荡

没有植物的植物园是植物园

大　船

不如直接宣称某物死亡

正是另一物的诞生

鲜花生长不易

酒浆原本也是属于农民的东西

我们睡在巨大海船的甲板

高得不敢看外面的风景

害怕滑向船尾

船停时走到长着礁石的海滩

也参观吃掉人脚的小鲨鱼

我和哥哥在水潭里抚摸鲨鱼的头

但那个人故意使劲踩水

激怒了它

不会游泳的人那天好几个没有返回大船

不知道他们到哪里去了

灯光金子一样照亮海岸

我们的船继续行驶

艺术家的早晨

火车站和花园

他介于两者之间

透过一种植物看另一种

流质的波纹

鸟突然出现意味它早在那里

怎样赞美女性之美

斯里兰卡男人的白衬衫

斯里兰卡人整理了一下头发

继续走，行走

早晨，天气变得炎热

花园在弯曲中张开

车站缠绕于细藤

弯曲的倒影

可以这样赞美女性

她有土地的所有特征

植物根植于她

你是否在正确地看

一只羚羊穿出墙面

它看见低头的女子

它看见斯里兰卡人

花园抵住摩擦与撞击

斯里兰卡人行走在斯里兰卡

低头的女子停在某个春天

花园，对，是花园

它半个身体悬在空中

火车离开车站

唰唰唰

太阳有快要下雨的速度

字　相

娘一生不识字

却能正确辨认我们兄弟几个的名字

如同她认得我们每一个

娘去世前，我在白纸上给她写了三个大字

她摇头，说不认得

我眼泪不听话地打湿了纸上的字

那是娘的名字

胡震

虎丘五人记

五位素不相识的旅人，于
阳春三月，不约而同来到虎丘
怀揣各自不可言说的
退思迩想

第一个只为打虎，然而走遍前山
及后山，传说中的老虎踪迹全无
甚至不见半片老虎的脚印
已多久，没有听见虎啸
最终他只能在夕阳下的松林里
捡拾四枚形似虎爪的松木
摔落随身携带，用以壮胆的
半斤二锅头，怒吼着
不做武松也罢，还是回家
陪母老虎，饮虎骨酒

第二个只为寻剑，他深知

假虎丘、真剑池的道理

所有的玄机，都藏在

跌宕起伏的刀光剑影里

可是在碧水寒潭

不谙水性的他，绕着水池

徘徊了整整三天，始终没找到

墓室入口，最后不得不以

几尾守护寒潭的小鱼充饥

剖其腹，权算取得

名曰鱼肠的宝剑

第三个只为求仙，在简陋的

二仙亭，石桌犹在，棋盘

已没入山河深处，棋局早就

换了一朝又一朝

谁是最后的胜出者

对弈的仙人，隐藏在哪一片

白云故里，午睡打鼾

他只能聊以自慰：我一定是千年前

曾来观棋的樵夫，我一定可以治愈

我的偏头痛，也一定可以祛除胃部

潜伏经年的癌细胞

第四个只为参佛，他一直以为

作为虔诚的修行者，自己必定比

那块点头的顽石，更加灵慧
必定能怀抱虚空，摒弃内心
无所谓其有的杂念
然而在千人石上，他盘膝静坐了
七天七夜，每次合眼，仍听见
石缝汩汩流血的声音。每次睁眼
所见第一颗朝露，显现的仍是
天王殿稽首而去时，那位女施主
翩然回眸的一笑

第五个念想纯粹，他只是选此
乍暖还寒时节，出来晒太阳、饮春风
在拥翠山庄，他一眼发现那只
蹲如山丘的白虎，正隐藏于
"龙虎豹熊"的行草石刻中
在剑池，他感觉水底凌厉的剑气
穿透竹林，覆盖整个空寂的山谷
在仙人洞，他觅得陈抟老祖遗落的
一粒白子，顿感舒筋松骨
周身说不出的泰然通畅
在离生公讲台最远的石头旁，他闻到
久远的文殊兰香，已弥漫整个
花开花落的平凡岁月

俞月娥

致亲人

雨水与泪水混合成为水晶

——致舅妈

这是一个类似制造工艺品的日子

那里有个木头的大盒子

它全身雕刻着一些古老的花纹

一颗勤劳的灵魂安详地坐在里边

放下与不舍

她都做到了

接受所有爱你的人的跪拜吧

一载的抗癌路

很难也很坚强

那一排排田头包裹着塑料薄膜的大棚

见证你在晚霞里的身影

勤劳和善良被光阴刻在这片土地上

这是你的土地

几十年如一日

你所亲吻的土地

你能从视觉到味觉

辨别它们的高低和形状

在四季的轮转中

你还能知道它们的酸甜苦辣

离开，是一种解脱

愿此后往生

您的路途一帆风顺

天堂没有病痛

做永远幸福的人

太阳陪伴的黑夜

——致伯伯

云朵，化为一根金丝带

含在太阳的嘴里

成为一种装饰

火样的颜色

诉说着您内心的焦灼

因为病痛，因为大局意识

您坚持了三年

一个问题，您也想了数年

今天，在红色的液体浸泡中
您终于放空自己
把一切交给了西面的太阳

夕阳红，夕阳最美
让夕阳成为铭刻的记号

王崇党

真言（外三首）

娘今年去世后
我的心里突然落成了一座金光灿灿的寺庙
每日里，我在寺庙里
扫除落尘，念经打坐

路遇不平心生绝望时，我就念起经文
一切就奇迹般地复归平坦

所有的经文，只有一个字
娘

衣　钵

那些原来父亲在的地方
现在都空着
像一件透明的衣服

我走进去，自然地穿起它
成为父亲

旗　帜

星星、云彩、石头
都在说话，只不过说话的方式是沉默

今天该我和石头互换身份了
我也得学着用石头的沉默说话

出门被人踩了脚，我咬着牙想我是台阶
摔了一跤后，我又用血液为自己染了一面旗帜

刀入鞘

双臂交叉环抱住自己
一些安稳，只有自己给的才觉得踏实

双臂下的两排肋骨，雄壮且有力气
保护着身体柔软的部分

累世的刀锋啊，我都一一放进胸腔的刀鞘
此生，我且用微笑来面对

小雀 (外一首)

因为一朵小花，我常健康快乐
就像你因不懂我而失去的世界
我活跃的窑中住着乡下老女人
她的曾经是繁蒌花在指尖明灭
她的诗集因我的忽略带进沟里
我的马我的空房子我的飞鸟集
我的歌谣喂养的豹子和小桔灯
我的鼻尖上打坐的月光和细雨
我的钝刀柄向你而利刀刃向我
灯下我面对初花你背对红盔甲
你带我坐在悬崖上行废墟之马
没有火焰没有语言没有峰回路
也没粮
请你种树啊，种树吧
安慰土地
安慰虫子

安慰一块石头升起又落下

安慰不平

安慰风声

安慰一只四处盘旋的

小雀

靠窗的位置

一早，教堂靠窗的位置

有个女人在忏悔

她十指洁白

一块帕子像雏菊

光从东边墙移到西边墙

在她低垂的睫毛上弯出一道好看的弧度

……

月亮上来的时候，同样的位置

坐着一个男人

月光暗下去时他才直起身体

缓缓点燃一根烟

钟声响了

一种沙哑的仪式

……

我开始怀疑自己，三个人中间

我也不小了

唯我还没向天主忏悔

我数了数人性中的十宗罪

就像十根手指

我有你也有

张萌

星巴克一夕谈（组诗）

篡　改

车子钻进斜斜的夕照

逆着光

像走进电影镜头的胶片感

迷人、恍惚

秋野寂寂

不远处的尽头就是河流

我转头看向那条河

想起米沃什

想起他的《礼物》

想起他诗中提及的河流

优秀的诗人总是像河流一样

流淌在大地上

看着排列整齐的稻田

一行行从眼前掠过

永无休止，永无休止

……

像时间深处不断被篡改的

经卷

上　头

坐在中医诊室长长的走廊里

淡淡的中药味

弥漫在滞重的呼吸里

对抗病痛和无聊

最好的方法是读诗，打开手机

和两位优秀的女诗人

迎面相撞

"我的身体像一支笛子，各个洞眼里藏着

好听又悲伤的声音"

"当我路过新垒的坟头

猛然钻出一簇矢车菊

你看，连死亡也那么好"

多么好的句子
像弥漫在走廊里淡淡的中药味一样
让人上头

阿坝州的一个夜晚

三千米的呼吸像黏着月亮的痰
这是阿坝州的夜晚
暮色迟迟降临，神山
在远处微笑

巨大的平静的
轮廓，在想象的镜面上浮现，在山的
另一侧，在雪的另一侧

寂静过滤的夜晚，没有沙砾和烟尘
缺氧的呼吸里
卡着黏稠的乌云，迟重
的喘息，交换着黑暗中的

秘密。空气像一场酝酿
深紫色夜幕上弹出几粒星辰
闪着多少个世纪的
沉寂之光

星巴克一夕谈

扶着把手上的星光推开星巴克的门

角落里，一对情侣在私语

灯光像一棵树

在画布上绽放着秋日的绚烂

一种来自根部的力量

抵达每一根枝条

充满爆发力的生机，撑满

一整垛墙，也撑满了我

悬浮状的疲惫

靠墙坐下，一伙人坐成了

一片树林：摇曳出

夜晚神秘的另一面

脚下迅速伸出无形的根，交错着

缠绕在一起

夜晚变得更结实。那些在话题里

相互纠缠的枝条

搅动着拿铁的浓香。关于写作、诗歌

旅行、友谊、局势纷纷摆上台面

最后在关于星座的话题里

触摸到各自命运的按钮

袁雪蕾

袁雪蕾的诗

转

在母亲的宫殿里

生命是随着羊水缓缓转动的

出生后，我抱着一团心灵的漩涡

转过身来，你看到的是正面

转过身去，你看到的是反面

我不停地转，不停地转，你迷糊了视线

我被世事套牢，又被自己转伤

我要的实在太多了

不知道怎样旋转最恰当

可以对应着你，扭成一股幸福的麻花

别人转着转着

就从时光的网眼里炊烟飘散

我能不能够往回转

让你再次看到，天使的容颜

钉　子

时刻都感到累
我的心脏
比别人的孤独
重二两

四周空荡荡的
我却不能空荡荡地浮起来
周围还有许多
看不到的东西
深深地将我揳入其中

我成了一枚无法动弹的钉子
只有神的大手
把我从人世间，一点一点挪出去

影

尘土是黑色的
最浓的血也是黑色的
月光下，一枚钉子弯下腰来
清洗伤口，漂白灵魂

而挂在你身上的这件外套
没有重量，也不占地盘
一摊光阴的墨汁，证明你的存在

我是你行走在大地上的胎记
共同奔赴千山万水的盛宴
这人世间的饥饿啊
总有一天，我们会把对方吃掉

顾雪莲

追光者：农民 (外二章)

我从黑夜醒来，梦完成了撤离。

日出，光完成了一次明亮的跳跃。

此刻，时针切换为光的临摹，先勾勒出山的轮廓，再抹上朝霞的胭脂，再描绘森林绿色的斗篷，配上风温柔的笛声，今天演绎昨天不一样的云卷云舒。

因为得到一束光的抚摸，岩石开出了花朵。

因为肯定一粒种子发芽的梦想，山自断肋骨，爬山虎为它缝合伤口。

云朵、翅膀、树叶、河流、稻穗，都在追随光攀缘。

我在城市的缝隙中奔走，光为肉身投下影子的虚词；我爬高楼，登佘山，为了接住天空蔚蓝的照耀。

田野在享受光的沐浴，金黄的稻田里，你蚂蚁般匆忙的身影在搬运汗水，一粒稻谷就是你的微光。

你追逐阳光，追逐月光，把大地的金子从身体的河流中提炼出来。

你是被泥土隐匿了光芒的星星。

稻　香

是秋天的香，是果实的香。

从你皲裂的掌纹里散开，以一百亩的姿态，向我迎面扑来。

有一种甜蜜，如佘山蜜桃，香气将胃填满，我咀嚼出春天人面桃花的模样。

有一种清香，如妈妈的手艺，炊烟召唤我回家，我回味出一个天真烂漫的童年。

种子昂首走的路，是拨开黑暗抵达光明的生长。

你俯身走的路，是从手掌结茧的厚度里凝结时间的形状，是桃子的形状，也是心的形状；是稻穗的形状，也是你弯腰向大地鞠躬的形状。

你擅长隐身，有时化作草木，有时化作麦浪。裤腿吞咽泥土，脚趾品尝露水。

桃，是桃树的另一张脸。你满面尘土，是大地的另一张脸。

你体内悬挂一枚太阳，翻山越岭，让坚硬的泥土变得柔软，让柔软的身躯变得坚硬。

风宽阔，涤荡胸襟，为你擦拭额头的溪流。

你手指沾满稻香，把季节从一个个春耕忙碌成一个个秋收。

书　香

文字先于眼睛捕捉到我。

世界安静下来，咖啡加深黄昏的浓度。

在山脚下的书店，浏览别样的山峦群峰。

好书是一座厚重的山，书山有路，我沿着封面泛黄的台阶，拾级而上。

我闯进你的山门，你只用一个名词叩开我的心门，为之雀跃欢喜，像找回失而复得的礼物，让我沉浸、沸腾、燃烧。

被一本书点穴，移不开想象。

书是时光的另一扇门，文字是秘密钥匙，打开灵魂的香气，像得到一双翅膀，探测思想者的天空。

这是一片自由的栖居地，很多人来过，此刻唯有我听你满腹经纶。

岁月沉淀出木的年轮，在一棵树的复活中，阅读时光尘封的秘密。我摸到某个人的体温，用光树的羽毛都说不完的一生。我手指颤抖，为一行没结尾的字泪流满面。

素未谋面的陌生人，我久违的朋友，我在一本书中重新找到自己，我在一排书架里隐藏自己，像曾经的你。

我不在故事里，我在别人的剧情里看清生命的轻和重。

徐凤叶

旷野的风（外三首）

风是

骤来的欢喜

从旷野轻弹我心弦

那里树篱缀满星星

月光朵朵

扎成好看的花束

来我的花园

嘘　轻点儿

别踩碎了

琉璃苣伞下

蜗牛

小小的家

厌 卷

日子
是件砂洗炒色的布衫

有时候
我
喜欢这种黯然
传统叙事
把故事琢磨得缀满补丁

陈旧是好的
不堪是对生活报以礼貌微笑

明媚而庸俗的人啊
只会把
月光散进
薄薄的清晨

我们都饮过星光

黑夜
平铺直叙
正如我的孤独

挂在萤火虫尾部

摇摇晃晃

回忆漏成了筛子
证明想你
也只是个伪命题

我们都饮过星光
如今
这些盐茬子
揉搓喉咙
也揉搓心脏

时间之刃

我的叹息
在不久的黄昏
分为两半

一半沿着山脊攀升
一半在落日里
下
坠

柳燕梁

诗词七首

咏　菊

西风瑟瑟凋杨柳，行路匆匆畏晚凉。

山野红枫吹草地，湖堤黄桦舞云裳。

百花零落入寒梦，万叶飘摇待暖床。

若问寻芳何处去，唯余菊傲享秋霜。

咏　竹

生于幽谷里，春雨润无边。

迎夏上云碧，飘然世外仙。

咏　松

常年威武挺，沉稳似仙山。

冰雪来如故，君安吾亦娴。

晨 校

朝阳升起照人间，金色光辉洒校园。

学子乐来空气好，书声飘荡入心言。

颂校运会

孟夏朝阳照绿荫，

师生笑语乐声飘。

入场豪迈展风采，

运动多姿雄气骄。

忆 雪

何处觅芳踪？踏雪寻梅胜境中。大雪飘飘风凛冽，情暖梅红，意暖梅红。　　抬眼望长空，浩渺星辰忆汝容。似水经年虽久远，辉照青松，情照青松。

寻 春

寻佳境，赏春光，照斜阳。远望柳枝新色，绿如裳。　　满地落花梅影，梅开尽染芬芳。湖映波光听鸟唱，意绵长。

乔晓琼

词贺松江二中 120 周年校庆

捣练子
——松江二中建校 120 周年贺序

双甲子，喜春来。九万凌云池凤台。十唱青青杨柳调，对君一盏醉蓬莱。

杨柳枝·云间第一楼

曾是云间点将台。角楼双兽护门开。一朝折桂蟾宫入，自此鲲鹏咏絮才。

雷锋刻石

坛卉葳蕤四序荣。绿茵多少掌鸣声。字金粉石毛公迹，警语时时致远行。

杨柳枝·一德院

青瓦延绵拱月门。旧时花木旧时痕。往来小院多师者，德育红楼自是珍。

杨柳枝·树人院

一院悠悠百岁匆。树人庭外永青松。也曾载道硝烟里，踔厉前程锦绣宏。

杨柳枝·水塔

甘露云间百代流。地泉曾饮至今留。示人莫忘思源意，旧日悬钟水塔楼。

杨柳枝·思源楼

长卷流光指缝宽。百年学府盛名冠。故人渐远音犹在，一饮甘泉一思源。

杨柳枝·集成堂

云外青青弱柳长。大学博雅集成堂。暮晨四序书楼畔，代出鸿儒展翼翔。

杨柳枝·小花园

曾是华亭县衙桥。镜幽浮玉岁飘摇。小池日月心心念，琅琅书声步步娇。

杨柳枝·图书馆

一页春秋揽五洲。志高存远少年楼。理文史哲真知阅，莫负韶光水易流。

杨柳枝·校友亭

东畔幽亭往事遥。昔时贤聚渐今消。墨樵许是其中个，碧草青青汉玉雕。

杨柳枝·致远石

银杏姗姗致远铭。岁争朝夕赴峥嵘。百年老树铃音响，拂影深深格物明。

宋憩园

抽象的状态（外二首）

你喜欢下雨吗？你
喜欢持续的下雨吗？
两个人坐在咖啡馆的露台，看着雨
下在池塘里，下在水泥路面，下在
迷迭香和尼采的烟囱上。一个人
如同一朵花上的雨
一滴总会被新的一滴替换。
理论上，目之所及都是新的，
只是我们觉察不到。但尼采说
理论虚假。实际上，除了我
和我的诗，其他都是旧物。
人迹罕至的此在，我不断
扔东西，短句是小的悲伤，
长句是大的悲伤，现在
整个儿的我站在雨中，你可以明白
这是一首诗——被一切外物影响着

又不受一切的影响：这里。之后，
困厄。明天，暗地里，沉寂，嘴巴。
你听过雨中的鸟鸣吗？
你喜欢鸟鸣在雨中吗？
他的身体里有一把锁。
顺时针打开的是自己，
逆时针打开的是我们。

众多未来

玫瑰开花，开出的都是错觉。
五颜六色的诗歌海报。
我们走进去走出来，看到这些。
远方的朋友刚来过，除了叹息，
并没留下什么具体的东西。
如果一切都是变幻的，拍下的照片
和录制下来的音频是逆时间性的吗？
围栏里，一只白羊在啃噬一把金锁。
（有人拍下这张照片并上传到网上）
我把扯下来的木贼放在羊槽里，
它吃的时候好像忘记了存在这回事。
诗歌海报被诗里的词句
撞击得呼呼的响，没了方向。
一想到这么多年的居无定所，
猛抽一口烟，缓慢吐出烟圈。
这些海报上的诗人，再见，在风中。

即 兴

灰蒙蒙的天气，
我把车停在靠墙的一棵香樟树下。
墙是白墙，工作日的公园
如同休息日的办公室。

打开天窗，获得天窗外的天空。
叶子黄的绿的落进来，
找到各自的位置，躺下
模仿人。做人类的好梦。

"如果人的脑袋是一朵花，
花开一次，没有第二次。"
梦里花落的声音，把我惊醒。
从这一刻到那一刻，哦虚无。

张开江

领《云间笔会》忆云间十年漂泊路(外五首)

羁旅云间近十年，深耕笔梦半参禅。
诗心一片何曾老，夜枕香书且自眠。

参观弘一法师纪念馆又登九峰一览楼观之有寄

东湖一朵莲花盛，拍岸波涛诵梵音。
大师功德传天下，人间参悟静修心。

游丰子恺故居有感

师持墨笔怀文胆，悟得心缘历险关。
莫怨秋风吹画册，共留情味在人间。

访乌镇木心故居纪念馆

诗中哲理常明世，画里情怀渐入心。

不负生涯为艺术，今随师友此中寻。

望　远

一事无成心自囚，十年漂泊暗凝眸。

风寒不觉单衣薄，韵满欣随稻浪收。

羁旅江南知是客，常怀笔梦但消愁。

立冬空叹光阴短，诗少羞惭又负秋。

祭　父

清明不觉泪凝眸，千里家山只梦游。

浪子离家心远叩，慈父逝世痛长留。

犹悲往后恩难报，自恨生前孝未酬。

唯把诗情当祭品，翻看旧照愿魂收。

方晨

指触侧唇，慢三步

那些年　他们心怀须弥

向往白云朵朵　憧憬天空蔚蓝

那些年　他们远见山岚

盼清风温柔　伴烛火微明

在光阴的消融间描人绘影

钟摆轻轻抹去他们的名字

在沉默里微笑　在凝望里徘徊

任泪溪在脸颊留下轨迹

点点滴滴　欢声无语

时光君

时和岁稔的你啊

请牢牢将流逝着的拴住

就用编织你时剩余的线

他们乘上曾经错过的列车

向逐渐被遗忘的一端驶去

人儿挥别起点站的晨曦

向终点站的永恒妥协

旅程若由风景来安抚

他们愿是回忆里的那棵树

他们去过风去过的地方

去追逐过一阵飘摇的吹动

吹散笔尖的清净和雅

吹散嘴边的渊涌风厉

字句和言语在这一端相遇

情愫共影　他们约定为伴侣

去经历半山的风雪

去目睹半山的月明

长歌有和　独行有灯

他们玩世不恭　他们认真严谨

有那么一天很想回去那里

不管侧唇腼腆有几许

闺女在青草地上迈开了步履

她轻轻空吟　却并不孤寂

因为老式收音机里

照常播着　怀念的慢三步曲